だいわ文庫

草紙屋薬楽堂ふしぎ始末
凍月《いてづき》の眠り

平谷美樹

大和書房

目次

【江戸の本屋】（えどのほんや）
江戸時代の本屋は、今でいう出版社（版元）であり、新刊の問屋も兼ねた小売店でもあり、同時に古書の売買までも広く手がけた。主として内容の硬い本を扱う書物屋（書物問屋）と、大衆向けの音曲や実用書、読本などを中心に扱う地本屋（地本問屋）とが、幅広く印刷物を作成・販売し、大きく花開いた江戸の出版文化を支えた。

【戯作者】（げさくしゃ・けさくしゃ）
戯作とは江戸時代中後期から明治初期にかけて書かれた小説などの通俗文学のことで、戯作者はその著者。作家である。

草紙屋薬楽堂ふしぎ始末　凍月《いてづき》の眠り

生ける屍　本所深川反魂の宴

一

江戸の通油町、大丸新道と大門通りの辻に建つ地本屋《じほんや》〈草紙屋《そうしや》　薬楽堂《やくらくどう》〉。

突然お伊勢参りに出かけた鉢野金魚《はちのきんとと》を追って、本能寺無念《ほんのうじむねん》が旅に出て二日が経った。

薬楽堂の面々は、「もう追いついているだろうか」とか、「きっと、仲良く東海道を歩いているよ」とか、「いやいや。無念のことだから、まだ見《み》っけられずにあちこちの旅籠《はたご》を探し回っているだろうぜ」とか、勝手なことを言って楽しんでいた。

そういうお喋りの中で揶揄《やゆ》するような言葉を放つのはいつも薬楽堂長右衛門《ちょうえもん》であった。草紙屋薬楽堂の隠居である。しかし、その顔は嬉しげであった。

無念は長く薬楽堂に居候《いそうろう》して戯作《げさく》を書いている。一日中座敷に籠《こ》もって執筆をしているものだから、身嗜《みだしな》みも気にしない。

しかし、女戯作者《おんなげさくしゃ》を志す小生意気な鉢野金魚が薬楽堂に出入りするようになって、無念は少しだけ変わった。ほかの者たちは気づいていないようだったが、長右衛門は『この二人はお似合いだぜ』と思っていたのだった。

だから、無念が金魚を追って飛び出して行った時、『やっとその気になったかい』と、内心苦笑いしつつも安堵したのであった。

長右衛門は臙脂《えんじ》の頭巾《ずきん》をかぶった白髪白髯《はくはつはくぜん》。離れの自室で、紙の束から目を離し、晴れた秋空を見上げる。読んでいるのは次に出す読本《よみほん》の草稿であった。

「大旦那さま。大変でございます！」

突然の声に長右衛門は驚いて庭の方へ顔を向けた。

しっかり者の小僧、竹吉《たけきち》が通り土間から顔を出している。

真剣な顔だが、口元が妙だ。笑いを堪《こら》えているように震えている。

「どうしてぇ」

長右衛門は立ち上がり、沓脱石《くつぬぎいし》の草履《ぞうり》を突っかけて庭に下りた。

「ともかく、店の方へ」

竹吉は踵《きびす》を返した。

長右衛門は変な客でも来たのかと、竹吉に続いた。

竹吉は店の奥の小部屋の前で立ち止まり、その中にちらりと視線を送る。

店に置いてはまずいから、奥へ通したというわけか——。

長右衛門は小部屋の前に立ち、言葉を失った。

「無念、なんでここにいる？」

小部屋に座っていたのは本能寺無念であった。月代《さかやき》の伸びた強面《こわもて》で偉丈夫《いじょうぶ》なのに、背中を丸めているのでずいぶん小さく見えた。脇に振り分け荷物が放り出してある。

「金魚はどうしてぇ？」

長右衛門は小部屋に上がり込んで無念に向き合った。

「宿を追ん出された」

無念はぼそっと言った。

「なんだってぇ？　なんでそんなことになった」

長右衛門は眉根を寄せた。

「戸塚宿で金魚を見《め》っけた。そこで同じ宿に入ったんだが、部屋で揉めた」

「部屋で？　なんで部屋で揉める？」

「一つにするか、二つにするかでぇ」

「なんでぇ。金魚に同室を断られたかい」長右衛門は渋い顔をした。

「おぼこ娘でもあるめぇしよ」

「部屋を二つにしようって言ったのは、おれだよ」

無念は畳の目を見つめて言う。

「なんだってぇ？　なんで部屋を分けるなんて言ったんだ？」

「だってよぉ」無念は口を尖らせて長右衛門を見る。

「夫婦《めおと》の約束をしたわけでもねぇのに、同じ部屋に泊まれるわけねぇじゃねぇか」

「馬鹿だねぇ、お前《め》ぇは」長右衛門は呆れて腕組みをする。

「で、金魚にそう言ったのかい」

「ああ。そしたら、目を三角にしやがって、『そういう了見なら、さっさと江戸に帰《け》えりなっ！』って」

「そりゃあ、怒られますよ」

若い番頭の清之助《せいのすけ》の声がした。

無念と長右衛門が声の方を見ると、店との間に垂らした暖簾《のれん》をたくし上げ、清之助と竹吉、松吉《まつきち》が顔を出し、小部屋を覗いていた。

「なんでだよ。礼儀だろうがよ」

無念は言う。

「別々の部屋にしようって言ったのを怒られたってことは、金魚さんは一緒の部屋に泊まりたかったってことでしょ」

小僧の松吉が言った。

「なんでぇ」長右衛門が驚いた顔で言う。

「松吉、お前ぇいつもぼんやりとしているくせに、そういうことは分かるのかい」

「へへへっ。男と女の機微は無念さんよりも分かってますって。お使いに出ると、あっちのお嬢さん、こっちのお嬢さんが『松吉さん聞いておくれよ』って、色恋のことを聞かせてくれます」

松吉はにやにやと笑う。

「こいつは」竹吉は松吉の頭を小突く。

「何を話しても大丈夫だって思われてるんですよ。それで、お得意さんの家のお嬢さん方の愚痴の聞き役になってるんです」

「松吉にああ言われちゃあ、形無しだな」

長右衛門は無念を見ながら笑った。

「ふざけるんじゃねぇよ……。金魚が一緒の部屋に泊まりたかったなんて分かるわけねぇじゃねぇか」

「無念さんは朴念仁《ぼくねんじん》なんですよ」

松吉が得意げに言う。

「金魚さんはきっと、無念さんがとぼとぼと出て行った時――」

清之助の言葉を無念が遮る。

「とぼとぼなんて出て来てねぇぜ。おれは堂々と出て来た！」

「まぁ、どっちでもいいですが」清之助は素っ気なく受け流す。

「その時、金魚さんはきっと『あっ、本当に出て行っちまったよ』って考えたに違いありません」

「そりゃあ、どういうこったい？」

「金魚さんは本気で江戸へ帰れと言ったんじゃないってことですよ。ちょっとした駆け引き。けれど無念さんがそれに気づかなかったってことが、金魚さんの誤算」

「なんでお前ぇにそんなことまで分かるってんだ？」

「草紙屋の番頭ですから」清之助はけろっとした顔で言う。

「色恋が書かれた本をたくさん読んでます」

「そんなことだろうと思ったぜ」無念は舌打ちする。「本なんか嘘っぱちばっかり書いてあるんだ。色恋を書く戯作者は、もてねぇもんだから、頭の中で都合のいい話をこさえるんだよ」

「そんなことを言うと、読み手を失いますよ」

清之助は眉をひそめる。

「なんにしろ」長右衛門が言う。

「お前ぇも金魚もどうしようもねぇな」

「今からもう一度追っかけたらどうです？」

竹吉が言った。

「金魚は、もうお伊勢参りに出かけちまったろうよ」長右衛門が肩をすくめる。

「どこの宿場に泊まるかも分からねぇ。旅籠も同じだ。宿場毎に旅籠全部を探してたら、どんだけ日にちがかかるか」

「打つ手はなしですか」

清之助は溜息をつく。

「金魚が江戸へ戻って来るのを待つしかねぇな」

「旅の途中でいい男《ひと》ができたりして」

松吉がくすくす笑う。

無念が泣きそうな顔で松吉を睨む。

竹吉が松吉の頭をぱんっと叩いた。

「邪魔するで」

店から上方訛《かみがたなまり》の男の声がした。

主《あるじ》の短右衛門《たんえもん》は用事で出かけている。無念の帰還で清之助や竹吉、松吉まで裏へ来ていたから店は無人である。

「あれ、誰もおらへんのかいな」

清之助、竹吉、松吉が慌てて「へーい」と言って店に戻る。

「ああ、鉢野金魚っていう戯作者はおるか？」

金魚の名を聞いて、無念はばっと立ち上がり、店へ駆け出した。

客が驚いた顔で帳場《ちょうば》の後ろから出て来た無念を見上げる。

総髪《そうはつ》を髷《まげ》に結った学者風の若者である。細面で鼻筋が通り、整った顔をしていたが、目に険《けん》がある。

「お前は誰でぇ？　金魚になんの用事だ？　金魚とどういう関係だ？　さっさと答えやがれ」

無念は矢継ぎ早に問う。後ろから長右衛門が出て来る。

「なんや、けったいな人やなぁ――。わたしは懐土堂《かいどどう》粋山《すいざん》。鉢野金魚の戯作の内容に興味があって訪ねて来たんや。会《お》うたこともないから、どういう関係もこういう関係もない。これでええか？」

粋山は面倒くさそうな顔で答えた。

「かいどどう？　語呂の悪い号だな。本屋か？　学者か？」

無念が訊く。

「あんたには関係あらへんやろ」

粋山は鼻に皺《しわ》を寄せた。

無念は板敷の際まで出て、しゃがみ込み、

「なぜ金魚を知ってる？」

としつこく訊く。

「大坂で知り合うた江戸の男から本を借りたんや。それで興味をもった。で、鉢野金魚はおるんか、おらへんのか？」

「伊勢参りに出かけてるよ」長右衛門が言った。

「行ったばっかりだから、しばらくは帰ぇって来ねぇよ」

「金魚となんの話をするつもりでぇ？」

無念が訊く。

「お前、さっきからやけに突っかかってくるやないか。なんでそないにしつこく聞き出そうとするんや？」

粋山は無念に顔を突き出す。

「金魚は薬楽堂の売れっ子だ。どこの馬の骨とも分からねぇ野郎と、そう簡単に会わせるわけにはいかねぇんだよ」

「そう言うお前は誰やねん？　こっちに名乗りを上げさせておいて、自分は名乗らへんのはおかしいんやないか？」

「おれは、本能寺無念っていう戯作者だ」

「ふざけた名前やな。人の号の語呂を云々する前に、手前の筆名を考えたらどないだ？」

「なんだと！」

　無念は腕まくりする。

「君子は徳を懐《おも》い、小人は土《ど》を懐う」突然、長右衛門が言った。

「お前ぇ、懐徳堂《かいとくどう》の門下か？」

「ほう。懐徳堂を知っとるか」

　粋山は感心したように言う。

「なんだ、その、君子はなんとかっていうのは？」

　無念が訊く。

「論語の一節だ。そこから名を取った懐徳堂という私設の学問所が大坂にあると聞いたことがある。同じ一節を取り、号をつけたというわけか」

　長右衛門が答えた。

「わたしは小人やからな」

懐徳堂は享保《きょうほう》年間に、鴻池又四郎《こうのいけまたしろう》ら五人の町人が創設した私塾である。

「怪異がこの世に存在するのは、知恵が怪異を正しく解釈するまでに至っていないからだ――。そういう考え方をする連中だという話だな」

「なるほど」無念は肯《うなず》く。

「だから、金魚の本に興味をもったかい。金魚の戯作は怪異を解明する話だからな」

「人の知恵に限界はない。今は不思議なことと思えても、いずれはその仕組みは解明される――。鉢野金魚の戯作にはそういう考えが見え隠れしとる。これは話をしてみなあかんなと思うたんや」

「そのためにわざわざ上方から出て来たのか？」

無念が訊く。

「あほなことを言いないな。そないなことぐらいで東海道を旅して来るかいな。江戸で私塾を開くために出て来たんや。金魚の本が売れに売れとるっちゅう話やから、江戸にはわたしの考えを受け入れる素地があると思うてな。金魚が駄目やったら――、あんたらの中で、金魚と同じような推当《おしあて》（推理）をする人はおるか？　おるんやったら、話がしてみたい」

薬楽堂の面々の視線が無念に向く。

「駄目だ、駄目だ」無念は手を振った。

「おれは推当物なんか書かないからな」

小生意気な粋山をへこませてやりたかったが、こちらが逆に言い負けてしまえば目も当てられない。

「さよか。ほなら金魚が帰って来た頃、また来てみるわ」

粋山は言って店を出ようとする。

「お前ぇの塾はどこに出した？」

長右衛門が訊いた。

粋山は振り返って、

「須田町一丁目。名前は懐土堂や」

と言うと、暖簾をたくし上げ出て行った。

須田町一丁目は、薬楽堂からさほど遠くない。

「あやかしを習う塾なんですかね」

松吉が言う。

「そんな塾、あるはずねぇだろう」長右衛門は顔をしかめて首を振る。

「朱子学《しゅしがく》の塾だろうよ。朱子学ってぇのは、出来事の全てには理由があるっていう考え方をする。そして、人は修養によってそれを知ることができ、そういう人物が為政者に相応《ふさわ》しいとかなんとか――、っていう学問だったように思う」

「あの人、戯作を書こうなんて考えないでしょうね」

竹吉が心配そうな顔をする。

「なんで？」

長右衛門が訊く。

「金魚さんと同じ考え方をするんなら、戯作を書けば商売敵になるんじゃないかと思ったんです」

「戯作なんてそう簡単に書けるもんじゃねぇよ。お前ぇも素人戯作試合の草稿を読んだろう。読むのが好きで書くのが好きだからって、戯作は書けねぇ」

「それならいいんですけど……」

「面倒くせぇ野郎のことはどうでもいい」無念は情けない顔で長右衛門を振り返った。

「おれはこれからどうすりゃあいいんだ？」

二

鉢野金魚は、浅草福井町の長屋で、文机に頰杖を突いてぼんやりとしていた。

旅装束《しょうぞく》を解き、芒《すすき》の裾模様の着物に着替えている。髪は相変わらずの甲《ばい》螺《い》髷《まげ》。簪《かんざし》は少し白茶けた色の鼈《べっ》甲《こう》で作った芒。穂は鎖のような細工で、金魚が動けば揺れるようにできていた。

着物の柄や装飾品は、ひとつ先の季節を感じさせる物を選ぶのが定石だが、今の金魚は寒々とした冬の意匠を纏う気にならなかった。

秋の意匠でも寂しいが、夏物を着るわけにもいかない。

一年分の家賃を払い、長屋のおかみさんたちに留守を頼んで伊勢参りに出た金魚。その金魚がすぐに帰ってきたものだから、おかみさんたちは驚いた。そして金魚の、なんとも情けない顔を見て、深い詮索はせずに優しく迎え入れてくれたのだったが――。

腰高障子《こしだかしょうじ》の向こうから、井戸端会議をするおかみさんたちのひそひそ話が聞こえてくる。

一緒に旅をしようと思っていた男に振られた――。

おかみさんたちの推当は、そういうことにまとまったようだった。そして、そういう金魚とどういう態度で付き合ったらいいかという話し合いに移っていく。

「あたしが振られるもんかね」金魚は口を尖《とが》らせてぼそっと独り言を言う。

「ちょっとすねて、もっと仲良くなろうとしただけなんだよ」

部屋を別々にしようと言った無念に怒ったのは芝居であった。

金魚の算段では、無念が『そんなに言うんなら、一緒の部屋にしようか』と宥《なだ》めてくれて、その夜は一つの布団。そうなるはずだった。

ところが、金魚に怒られた無念は、しょげかえって旅籠を出て行った。

そこで引き留めればよかったのだが、金魚は引っ込みがつかなくなっていて、そのまま無念を見送ってしまったのである。

金魚は元女郎。様々な手練手管を知っている。けれどその時は、まるでおぼこ娘のようになっていたのだ。

「まったく……。なにやってんだろうね」

金魚の顔が泣きそうになる。

木戸の方から歩いて来る足音が聞こえた。

「あら、北野《きたの》の旦那」

井戸端でおかみさんの一人が言った。

北野の旦那――。

北野貫兵衛《かんべえ》である。

貫兵衛は元池谷藩で御庭番を務めていた男である。いわくあって、金魚や薬楽堂の面々に助けられ、今では薬楽堂長右衛門の肝入で読売《よみうり》屋を営んでいる。

「あんたがお伊勢参りの同行者《どうぎょうしゃ》だったのかい？」

「ばか言うんじゃない。おれはあんな気の強い女などごめんだ」

金魚はその声を聞きながら「気の強い女で悪かったね」と頬を膨らませる。

腰高障子に貫兵衛の影が映る。

「金魚。貫兵衛だ」

「知ってるよ。開いてるから入りな」

金魚は頬杖を突いたまま言った。

貫兵衛はからりと障子を開ける。

「話を聞いていたか。しまったな」

貫兵衛は金魚の背中を見ながら頭を掻く。

「よく帰って来たって分かったね」

金魚は振り返りもせずに言う。

「薬楽堂へ行ったら、無念が帰って来ていた。それならお前も帰って来ているだろうと思ってな」

その言葉を聞いて、金魚はふっと苦笑する。

「そのままお伊勢参りに行ったとは思わなかったのかい？」

「薬楽堂ではそういう推当も出ていたが、おれは長屋に戻って来ているとふんだ」

「さすが元御庭番。お見通しってわけか」

「お前も無念も相手のことになると餓鬼《がき》みたいだからな」

「ふん――。で、その餓鬼の顔を見に来たかい？　それとも薬楽堂へ連れに来たかい？」

「いや。どっちでもない。面白い話を仕入れたんで、大旦那にでも話そうかと思ったんだが、お前が帰って来ているならば、こっちだろうと思った」

大旦那とは長右衛門のことである。

「今は推当をする気分じゃないよ」

「そうも言っていられぬぞ。商売敵になりそうな奴が現れた」

「商売敵？」金魚は後ろを振り返り、三和土《たたき》に突っ立ったままの貫兵衛を見た。

「なんだい、そりゃあ」

「大坂の懐徳堂という塾を知っているか？」

「ああ。怪異ってぇのは、なにか原因があって、それが分からないのはこっち側に知恵が整っていないからだって教えている塾だろ」

「ほぉ。知っていたか」

「色んなところから、いろんな話が聞こえてくるからね」

金魚が女郎をしていた頃、相手をした客には江戸を訪れた諸国の男たちもいた。寝物語に様々な話を聞き、それをほとんど記憶していた。

「懐徳堂の塾生が来たのかい？」

「江戸に私塾を開くんだとよ。お前の戯作を知り合いから勧められて読んで興味をもったから、話してみたいと薬楽堂を訪ねて来たそうだ」

「へぇ。あたしの戯作は大坂まで流れているかい」

金魚の気分は少し上向いた。

「たまたまだろうよ」

「分かってるよ――」金魚は鼻に皺を寄せる。

「で、本題はなんだい？　懐徳堂の野郎も乗り出してきそうな話なんだろ？」

金魚の問いに、貫兵衛は間を取って恐ろしげな顔をし、おどろおどろしく答えた。

「生ける屍《しかばね》だ」

「くたばりかけの奴の話かい？」

金魚は眉をひそめる。

「いや。死骸が動き回ってるんだよ」

「死骸は動かないよ」金魚は笑って手を振った。

「動いてるんなら、そりゃあ生きてるんだ」

「死んでるんだよ。葬式だって出した」

「ふーん」

金魚は帯から煙草《たばこ》入れを取る。枯れ葉色の鹿革で、前金《まえがね》は壊れた兜《かぶと》とその下に隠れる蟋蟀《きりぎりす》である。

「詳しく聞こうか」

「つい一昨日《おとつい》の晩の話だ――」

貫兵衛は語り始めた。

三

亥《い》の刻（午後十時頃）。本所松井町の呉服屋島本屋《しまもとや》の番頭吉之助《きちのすけ》は、竪川《たてかわ》の畔《ほとり》を急ぎ足で歩いていた。

徳右衛門町の料理屋で寄合があり、主の代わりに出席した帰りであった。林町四丁目を過ぎた時、前方の人影に気づいた。

男が一人、ふらふらとこちらに歩いて来る。足元がおぼつかないのは酔っているせいであろうか――。

夜で、半丁（約五五メートル）ほども離れている。常夜灯があるとはいえ、辺りはかなり暗い。それでも人影に気づいたのは、全身が白っぽいからであった。

白無地の着物を着ているのか――？

すぐに死装束《しにしょうぞく》を連想した。

吉之助はぞっとして立ち止まる。

歩いて来る人影の襟の合わせを確かめた。右前である。死装束ではなさそうだった。ならば寝間着だろうか――。

裾の翻《ひるがえ》り方を見れば、絹かなにか、柔らかく滑らかな布地であることが分かる。身分の高いお侍か――。

町の裏手には大名屋敷、旗本屋敷が建っているから、そこの住人かもしれない。

両手に布を巻き付けている。怪我でもしているのだろうか――。

病床を抜け出して来たか――。

足元がふらついていて、すぐ横は堀である。

「もうし。危のうございますよ」

吉之助は声をかけて、急いで白い人影に近づく。

人影の体が堀の方へ傾く。

吉之助は慌てて腕を差し出し、それを支えた。

「ほれ、しっかり」

言って、すぐ横にある顔を見る。

吉之助は、心の臓を鷲摑みにされたように感じた。

見覚えのある顔であった。

こんなところを歩いているはずのない人物。十日ほど前に、近くの永願寺《えいがんじ》に葬られたはずの男である。島本屋の顧客であったから、主と共に焼香に赴いた。

旗本の小坂七郎兵衛《こさかしちろべえ》。屋敷は林町四丁目のすぐ裏手である。

幽霊かと思ったが、体を支える腕に、確かに感触がある。けれど、体温は感じられなかった。

吉之助は声も出せないほどに怯えていた。しかし、七郎兵衛は死んだはずだが、小坂家とはまだ取引がある。訳の分からない状況ではあるが、粗末にはできない相手であった。

吉之助は小坂を道の真ん中まで引っ張って立たせ、後ずさりながら離れる。目を離した途端、襲われそうな気がしたからだった。

足音が聞こえた。数人が走る音である。

人が来たとほっとすると同時に、これはまずいことになるかもしれないと思った。

吉之助は小路に駆け込んで、身を隠した。

人気のない夜に慌ただしく走る者。それは小坂を探しに来た家臣らに違いない。死んだはずの小坂が夜中に歩いているところを目撃した自分は厄介な立場になる――。

そう考えたのであった。

通りを三人の侍が走り抜ける。そして、小声で「殿。御屋敷に戻りましょう」と言うのが聞こえた。

三人は小坂を抱えるようにして、通りを小走りに去って行った。


「その話、誰から聞いたんだい？」

金魚は三服目の煙草に火を点《つ》けながら訊く。

「吉之助の知り合いがうちの又蔵《またぞう》の友だちでな。昨夜、酒飲み話で聞いたんだそうだ」

又蔵は貫兵衛に雇われている若い彫り師であった。貫兵衛が池谷藩に仕えていた頃の配下であったから腕っ節も強かった。

「小坂七郎兵衛は生きているよ」

「だが体が冷たかったっていうぞ」

「この季節、夜に単衣《ひとえ》でふらふら歩いていれば体も冷えるさ」

「しかし、葬式だって出しているんだ。それがなぜ生きている？」

「それがこの話の面白いところさ」

金魚はぺろりと上唇を舐めた。

無念とのことでもやもやしていた気持ちがどこかへ行った。

「それじゃあ、当たってみるか？」

「あたぼうよ」

金魚は煙草盆の火入れの炭に灰をかけて立ち上がり、三和土に下りる。

表に出た金魚を見て、井戸端のおかみさんたちがほっとした顔をする。

「あら、金魚ちゃん、いっつもどおりになったね」

「お出かけかい」

「気をつけて行っておいで」

と口々に声をかけた。

「行ってくるよ。なにか美味《おい》しい物を買って来るね」

金魚はにっこりと笑って溝板《どぶいた》を踏んだ。

浅草福井町から本所まではおよそ六丁（約六六〇メートル）。本所は大川の東岸。江戸の東の外れであるが、大名、旗本や御家人の屋敷が多くあった。

金魚と貫兵衛が両国橋を渡ったのは昼を少し過ぎた頃だった。左に曲がって掘割《ほりわり》沿いに歩いていると、突然、横合いから頓狂な声が聞こえた。

「あれぇ、金魚姐《ねえ》さん。どうしたんでぇ？　お伊勢参りに出かけたんじゃなかったのかい」

髷を鯔背《いなせ》銀杏《いちょう》に結った、なかなかの男前である。又蔵であった。

「ああ、面倒くさい！」金魚はどんっと地面を踏み鳴らす。

「子細はあとから貫兵衛に聞きな。で、あんたは聞き込みしてたんだろ。何か分かったかい？」

「飯も食わずに走り回ってたから、腹がぺこぺこでさぁ。蕎麦《そば》でも奢《おご》っちゃくれやせんかね」

又蔵は情けない顔をしながら言う。

「面白い話なら、徳利を一本つけてやるよ」

「まだ調べ始めたばっかりでござんすよ。面白い話には行き当たっておりやせんや」

「それなら、景気づけに一本つけるよ」

「へへっ。そいつはありがてぇ」

又蔵は近くの蕎麦屋に走り、暖簾をくぐった。

店内は空いていて、又蔵はすぐに小上がりに上がった。金魚と貫兵衛も続く。

卯の花と徳利を四本注文した又蔵は、あとから蕎麦を持って来るよう小女に告げると、金魚の方へ顔を近づけた。

「小坂七郎兵衛は本当に死んでやすぜ。葬式が行われたのは確かでござんす。急な病ってことですが、どんな病であったのかは分かりやせん。もっとも、侍が都合の悪い死に方をすれば、みんな急な病ってことになりやすがね」

「医者は?」

「この辺りじゃ高名な高畠妙庵《たかはたみょうあん》って医者に診《み》てもらったようです」

「信用できる医者かい?」

「本所の大名や旗本はたいてい診てもらっているようですから、腕はいいんでござんしょうね」

「小坂は誰かに恨まれていたかい?」

「まだ調べている途中でござんすが、小坂は一千石の旗本ながら、しばらく無役で小《こ》普《ぶ》請《しん》組におりました。ところが、うまい手づるを見つけたようで近頃、小十人頭《こじゅうにんがしら》に抜擢されました」

小十人とは、将軍が寺社に詣でる際など、城外に外出する時の護衛役で、前衛を務めた。小十人頭はその指揮者である。

「お城の中の出世争いは熾烈《しれつ》だそうだから、恨みを買っていたかもしれないねぇ」

小女が膳に載せた卯の花と徳利を持って来ると、金魚は手酌で酒をぐい飲みに注いだ。

「昨夜《ゆんべ》の今日でござんすが、小坂が生き返ったという噂は少しずつ広まってやしてね。中には反魂《はんごん》の術を使ったんじゃないかって言っている奴もいます」

「ばかばかしい」

金魚は鼻で笑いぐい飲みを干す。

「死んでも生き返る恐ろしい流行病《はやりやまい》じゃないかって話も聞きやした」

「もっとばかばかしいね。死んだふりをしなけりゃならない事情があったと考える方がすんなりくるよ」

「お城でなにかへまをやらかしたか――」貫兵衛は腕組みした。

「それがばれないうちに腹を断ったことにして上司に報告。お城では病死ということで受理する――。ありそうなことだが、死んだはずの本人がうろうろ外を出歩いては、なんにもならんぞ」

「そうだねぇ」金魚も腕組みをした。

「まだ材料が揃ってない。どの案も捨てずに考えようか」

「蘇りっていう線もですかい?」

又蔵はにやりと笑う。

「それはなしさ。ありっこないことは捨てても構わないよ」

「又蔵には引き続き調べてもらうことにして、こっちはどう動く？」

　貫兵衛が卯の花をつまむ。

「あたしは寺と医者を当たるよ」

「死んでないなら、寺を当たっても無駄じゃないのか？」

「ありっこないってことを確かめておくんだよ。推当ってのは証拠がなければただの思い込みさ。蘇りじゃない証《あかし》を探すんだよ。死んで埋葬されて、それが蘇ったんなら、墓から這い出したはず。そういうことがなかったら、蘇りじゃない——。ちゃんと潰しておかなきゃ。永願寺ってのはどこだい？」

「そこの角を曲がったところで。武家地の中にぽつんと建ってやすから、すぐに分かりやす。医者もその近くで」

　又蔵は道順を教える。

　金魚は肯いて、箸をつけなかった卯の花と、酒の残った徳利を又蔵の膳に載せて立ち上がる。

「姐さんの蕎麦も食っていいんでござんすね」

　又蔵は嬉しそうに言う。

「酔うまで飲むんじゃないよ」

　金魚は小上がりを下り、三人分の代金に、お代わりの分の酒代を少し足して小女に渡し、店を出た。

金魚は本所の武家地に足を踏み入れた。

昼下がりの屋敷町は静まりかえっている。

又蔵に言われたとおりに歩いて行くと、御家人らの家に囲まれた大きな山門が見えてきた。

金魚は小路に入って築地塀に背を持たせかけ、山門を見張る。

小半刻（約三〇分）ほど待っていると、山門から年若い僧侶が一人出て来た。十六、七歳であろうか。手に風呂敷包みを持っている。

ちょうどいい年頃だね――。

金魚はにんまりと笑い、ついで悲壮な表情を作った。

「お坊さま、お坊さま――」

泣きそうな声を出して小路から駆け出し、僧の前で頽《くずお》れる。

「どうなされました」

驚いた若い僧は跪《ひざまず》いて金魚を助け起こす。

「わたしは林町四丁目に住まいする者でございますが、昨夜、亡魂を見てしまいました。恐ろしくて、恐ろしくて、助けていただこうと……」

金魚はさめざめと泣き、袂《たもと》で涙を拭く。女郎時代に嘘泣きの技は極めていた。

「林町四丁目で、亡魂をでございますか……」

若い僧の顔色が変わる。

金魚は俯《うつむ》いていたが、僧の声の変化でその動揺を見抜いた。

「小坂さまでございます」

金魚は僧に逃げられないように裾を掴む。

「小坂さま……」

声はさらに動揺した。

「所用から帰る途中でございました。白装束でふらふらとわたしの方へ歩いて来ました。常夜灯で照らされたお顔は確かに小坂さま……。驚いて逃げたのでございますが、すぐ後で男の人の大きな悲鳴が聞こえましたから、見たのはわたしばかりではございません……」

金魚は作り話で僧を揺さぶる。

僧は無言。あと一押しと、金魚はさらに続ける。

「あんな恐ろしいモノを見てしまったからには、とんでもない呪いがかかったに違いありません。今夜は枕元に小坂さまが立つのではないかと思うと、怖くて怖くて。そんな恐ろしい思いをするくらいならば、いっそのこと、大川に身を投げて——」

「それは亡魂ではありません」

僧は慌てたように言った。

「えっ？」

　金魚は顔を上げる。

「亡魂ではありませんから、ご心配ありません」僧は腰を屈めて、裾を摑む金魚の手を解《ほど》こうとする。

「ですから、お手を離してくださいませ。大切な用を足さなければなりませんから」

「死んだ方が道を歩いていたのでございます。亡魂でなくてなんでございましょう」

　金魚はさらに強く裾を摑む。

　僧は金魚のそばにしゃがみ込み、

「ご心配ならば、師匠（住職）にご相談くださいませ。祈禱をしてくださいましょう」

　と言って乱暴に金魚の指を裾から引き離しその場を去った。

　僧が道の角を曲がると、金魚は立ち上がって膝の土埃を手で払った。

　若い僧は、はっきりと『それは亡魂ではありません』と言った。

　あの言い方は『あなたの気の迷いです』という慰めではない。確実に、小坂が生きていることを知っているのだ。

　小坂はなにか事情があって、偽の葬式を挙げたか。ならばなぜ昨夜、ふらふらと外に出たりした？

　話からは、小坂の行動は気の触れた者の動きにも思える。しかし、それは偽の葬式を挙げて死んだことにするほどのことではない。

「ふん。面倒な裏があるね」

金魚は鼻に皺を寄せる。そして、医者の高畠妙庵の屋敷に向かった。

妙庵の住まいは林町四丁目と五丁目の間を南に入った富川町にあった。町人地であったが、屋敷はかなりの大きさだった。

「ずいぶん儲かっているようだね」

金魚はここでも小路に身を隠し、屋敷の様子をうかがった。

大店の旦那風の男や、身なりのいい侍などが出入りしている。しばらく見ていると町駕籠《かご》がやって来た。引き戸のついた宝泉寺《ほうせんじ》駕籠である。町駕籠の中でもっとも高級な駕籠だった。薬箱を持った若者がそばについている。

往診に出ていた妙庵が帰って来たのだと金魚は思った。

さてどうしたものかと金魚は思案する。

なにか手掛かりになることを聞き出そうにも、取っかかりがない。

若い坊主に使った手をもう一度やって、反応を見ようかとも思ったが、最初から警戒させるのは得策ではない。

妙庵の屋敷の前で停まった駕籠は、軽衫《カルサン》に羽織り姿の中年男を降ろした。

代金はつけにしてあとからまとめて払うのだろう。駕籠舁《か》きたちはすぐに来た方向へ戻って行き、妙庵と薬箱の若者は屋敷の中に入った。

金魚は唇を噛み、小路を出て駕籠を追う。

代金をつけにしているんなら、毎回あの駕籠を使っているはずだ――。そう思ったのである。

駕籠舁きたちは一丁（約一一〇メートル）ほど離れた駕籠屋に駕籠を戻すと、近くの居酒屋へ入って行った。

金魚はその後を追う。

駕籠舁きたちは床几《しょうぎ》に座って、酒を注文した。

金魚は口の端に笑みを浮かべて、同じ床几に腰を下ろす。

駕籠舁き二人は驚いたように金魚を見る。丸顔と細面の若い男たちである。

「ちょいと、お兄さんたち。話を聞かせてもらえないかい？」

金魚は色っぽい目で駕籠舁きを見る。

「姐さん。なんの話を聞きてぇんだ？」

丸顔の駕籠舁きが助平そうに笑う。

「今、高畠妙庵先生を乗せてたろう？」

「なんでぇ、おれたちのことを聞きてぇんじゃねぇのかい」

丸顔は舌打ちした。

「ちょっと前まで麴町の町医者に囲われてたんだけどさ」金魚は亭主が持って来た酒の盆を預かり、二人に酌をする。

「新しい女を作られちまってお払い箱になったんだよ。手切れ金が心細くなってきたんで、次の旦那を探してるのさ」

「そういうことかい」細面がにんまりと笑って酒を啜る。

「で、なにを聞きてぇ。これしだいで話してやってもいいぜ」

と、親指と人差し指で丸を作る。

「御屋敷に直接乗り込むわけにもいかないしさ。どこかで知り合うきっかけがないかと思ってね。色々と聞きたいのさ。往診にはいつもあんたたちの駕籠を使うのかい？」

金魚は財布から一分金を二枚出して床几に置く。駕籠舁き二人は「こいつぁ、豪勢だ」と手を伸ばすが、金魚は金の上に手を乗せて奪われないようにした。

細面は鼻に皺を寄せて、

「ああ。店にいる時にゃあ、いっつもおれたちが行く」

と答える。

「近頃は、どこへ連れてったんだい？」

「今は、川上《かわかみ》さまの御屋敷へ行った。その前は――」

と言って、細面は丸顔と顔を見合わせる。

話せばまずそうなことがあるのだと察した金魚は、咄嗟《とっさ》に水を向ける。

「小坂さまのとこだろ？」

二人はぎょっとしたように金魚を見る。

「あたしは今、林町四丁目に住んでるんだよ。騒ぎは耳にしてるよ」

こっちが知っていると分かれば駕籠舁きの口も軽くなるという判断である。

「なんでぇ。噂が広がってるのかい」丸顔が言う。

「本当に、あの晩はたまげたぜ」

〝あの晩〟と言うからには、昨日の晩ではない。金魚は知らない情報であるが、さも知っているかのように軽く肯いて先を促す。

「急に妙庵先生から呼ばれて、小坂さまの御屋敷までお連れした。小半刻ほど待たされているうちに、小坂さまのご家臣が出て来て、おれたちに――」

「おい。そっから先はまずいぜ」

細面が鋭く言って丸顔の袖を引っ張った。

金魚は次の展開を予想する。

「駕籠を何丁か呼んで来いって言ったんだろ？」そして嘘を付け足す。

「あの晩、小坂さまの御屋敷から何丁かの駕籠が慌てて出て行くのを何人か見てるんだよ」

「なんでぇ。見た奴がいたのかい」

細面は肩をすくめる。

「誰をどこに連れて行ったんだい？」

「そいつは言えねぇよ」

「足を使って聞き込みをすりゃあ、すぐに知れることだよ。だけど、足を棒にするのは性に合わない。ここで聞ければ手間が省けるんだけどね」金魚は、床几の金にあと二分を足した。

「なにかあったって、あたしは自分で聞き込みをしたって言うよ。あんたたちに迷惑はかけない。ちょっとばかり、妙庵先生の弱みを握りたいだけなんだよ」

駕籠舁き二人は顔を見合わせたまま、目顔で合図を送り合う。

金魚はあと二分を足した。

「もう一声」

丸顔が言う。

金魚はさらに二分を上乗せした。

「永田《ながた》六之助《ろくのすけ》さまと、川上祐太朗《ゆうたろう》さまだ」

細面が言って、さっと床几の上の金を奪い取る。そして、二つに分けて相棒に半分渡し、自分の分を銭袋に入れた。

「ご近所さんだね」

金魚は当てずっぽうを言った。

「ああ。二丁（約二二〇メートル）も離れてねぇよ」

二丁も離れていない屋敷に戻るのにわざわざ駕籠を呼ぶのは、自分の足で歩けないからだ――。

金魚は声をひそめて、

「息はあったのかい？」

と訊く。

「たぶんな」

丸顔が言った。

息があったか無かったかはっきりしないということは、二人とも意識を失っていたのだ。

「しばらくして、若先生が出て来て、『お前たちはもう帰れ』と言われた。小坂さまの身にもなにかあったなって思った。そしたらすぐに葬式だ。びっくりしたねぇ」

「そうかい。その後、二人はどうなったんだい？　妙庵先生が何回か往診したんだろ？」

「永田さまんとこは、葬式が出たよ。川上さまんとこには、さっき行ってきた」

つまり、〝あの晩〟に、小坂の屋敷でなにかがあって妙庵が呼ばれた。その後、小坂と永田は死に、川上はまだ生きているが床に伏せているということか――。

何者かに襲われたか？

斬られたか？　毒を盛られたか？

斬られたのなら、駕籠舁きが『二人は血まみれだった』とか言うだろう――。

いや、斬られたとしても、妙庵が処置をして着替えをさせれば外から見ても分からないだろう。

「二人はなにをしに小坂さまの屋敷を訪ねていたんだろうね？」

「知らねぇよ。だけどお二人は小坂さまのお友だちで、付け届け先の相談をよくしてたって話だ」

出世のために、誰に賄賂《わいろ》を持って行けばいいのか相談していたということか――。

「その後、騒ぎはないのかい？」

「小坂さまと永田さまの葬式だけだな。小坂さまは急な心の臓の病。永田さまは卒中という届けだそうだ」

金魚は少し迷って声をひそめて言った。

「その小坂さま、道で見かけた奴がいるんだよ」

「なんだってぇ？　いつ？」

駕籠舁き二人も小声で言う。

「昨夜のことさ」

「亡魂が出たってぇのか……」

丸顔が顔をしかめる。

「生身だったたって話だよ――」

言いながら、あくまでも妙庵のことを訊くために声をかけたのだということを強調しておかなければならないと金魚は思った。

「妙庵先生が小坂さまを診《み》たって話を聞いて驚いたよ。見立て違い（誤診）だったんじゃないのかい？」

「うーん。それは分からねぇな」

「その辺りをつついてみるかねぇ」金魚は床几を立つ。

「兄さんたちに話を訊いたってことは言わないから、あたしのことも誰にも言うんじゃないよ」

「分かってるよ。上手く妾《めかけ》になれたら、ご馳走してくんな」

丸顔が言う。

「なに言ってんだい。あたしが店を出たら、兄さんたちとあたしは見ず知らずさ」

金魚はひらひらと手を振って店を出た。

そうだ、おかみさんたちにお土産を買わなくちゃ――。

金魚は松井町の菓子屋に立ち寄って大福を買い込み、長屋へ戻った。

四

夕方、金魚の長屋に貫兵衛と又蔵が集まった。

「まず、あたしから話すよ」

金魚は二人に大福の残りと茶を出した。

「姐さん。もう甘い物の刻限じゃありやせんぜ」

又蔵は苦笑する。

「いらなきゃ残していいよ。あたしが食べるから」

言って金魚は行灯《あんどん》に火を点《とも》した。

菜種油のいい匂いがした。この時代、長屋に住む者たちは安い魚の油を使っていたが、着物に臭いがつくので金魚は使わなかった。

金魚は大福を食べながら、駕籠舁きから聞いた話を告げた。

「――あっしが聞き込んできた話にも、永田と川上が出てきやした。三人は幼馴染みだそうで。その中でも小坂は出世頭。誰に付け届けをすれば出世が早いかを、小坂が指南していたようで」

「三人はよく小坂の家に集まって、酒を飲んでいたようだ」貫兵衛が言う。

「十日ほど前も宴を開いたらしい。それが〝あの晩〟だな。次の日に、小坂は体調がすぐれないと休みの届けを出し、翌日に死んだ」

「誰から聞いたんだい？」

「伝手《つて》を辿って、小坂の同僚らからだ」

「なら確かだね――。十日ほど前に三人は小坂の屋敷で酒を飲んでいた。三人の身になにかがあり、妙庵が呼ばれた。小坂と永田が死に、川上がまだ妙庵の診察を受けている。そして、葬式を出したはずの小坂が昨夜、目撃された。推当の材料が揃ってきたね」

「薄気味の悪いことも聞き込んできたんでござんすが、聞きやすか？」

　又蔵がおずおずと言う。

「亡魂がらみかい？」

「へい。だから、聞かなくてもいいとおっしゃるんならやめときやすが」

「一応、聞いとくよ」

「永田のことなんでござんすが、近所の旗本屋敷に品物を届けに行った蠟燭《ろうそく》屋の番頭が、嫌な叫び声を聞いたんだそうで」

「いつだい？」

「一昨日《おとつい》の夜だって話ですから、葬式のあとでござんす」

「どんな叫び声だったんだ？」

　貫兵衛が訊いた。

「獣の遠吠えみてぇな声だったそうで。その番頭、八王子の方の出で、狼の声をよく知っているもんだから、近くに狼がいるって思ったんだそうですが、市中に狼なんかいるはずもねぇし、よく聞けば狼とも少し違う。ならば物《もの》の怪《け》かと立ちすくんでいると、もう一声。それが突然ぷっつりと途切れて、番頭は物の怪がこっちに気づいたんじゃないかと怖くなって走って帰ったんだそうで。それが、永田の屋敷の塀の外。声は中から聞こえたそうで」

「永田も蘇ってしまったのか……？」

貫兵衛は苦い顔になる。

「そんなはずはないさ」金魚はつんと顔をそらす。

「誰かに毒を盛られたって考えた方が理屈に合うだろ」

金魚は乱暴に煙管《きせる》の灰を落とし、新しい煙草を詰めてすぱすぱと忙《せわ》しく吹かす。

「毒の効きが悪くて死にはしなかったが、気が触れた――」又蔵は腕組みをして肯く。

「それなら死人の蘇りよりもあり得そうでござんす」

「ならば、誰が毒を盛ったかだな」

貫兵衛が言った。

「そういうこと――」

金魚は言って灰吹きに煙管を打ちつけて火皿の灰を落とす。かんっといい音がした。

「それを探っておいで」

又蔵は立ち上がって三和土の草履をつっかける。

「姐さん。お行儀が悪いですぜ」

言って又蔵は外に飛び出した。

煙管に傷がつくので、灰吹きに打ち当てて灰を落とすのは下品だと言われている。

「んなこたぁ知ってるよ」

金魚は又蔵の背中に舌を出した。

「金魚」貫兵衛が言う。

「お前、なんで薬楽堂へ行かぬ？」

「あんたと又蔵だけで事が足りるからさ」

「無念と顔を合わせるのが気まずいからだろう」

「気まずいのは向こうの方だろうさ」

「『すまん』の一言ですむことだろうが」

「あたしはなんにも悪いことはしてないよ。謝るんなら向こうの方さ」

「悪くなくとも、謝る度量のある方が謝らなければ、いつまでも収まらぬぞ」

「収まらなきゃそれでいいさ。男と女のことは、あんたより知ってるよ」

「いや。お前が今やっていることは、おぼこ娘のようだ」

「余計なお世話だよ」

金魚は苛々と言った。

「お前たちがそんな様子だと、ほかの者が迷惑する」

貫兵衛は立ち上がる。

「じゃあ、もう薬楽堂へは行かないことにするよ」

思わず口に出して、金魚は後悔した。

もちろん本気で言ったのではなかったが、じわりと胸が痛んだのだった。

「ほれ、そういう売り言葉に買い言葉もそうだ。大人の金魚はどこへ行った」

そう言われて金魚は溜息をついた。

「どこへ行っちまったんだろうねぇ」

貫兵衛はふっと笑う。

「早く見つけて連れ戻せ」

言って貫兵衛は出て行った。

自分がおぼこ娘のようなことをやっているのは分かっていた。だが、なぜ自分がそんな行動をとるのか、金魚には分からなかった。そのことがもどかしく、苛立っている。

謎解きの時には、物事の組み立てを明快に見抜くのに、自分の胸の内がさっぱり分からない。

金魚は背筋を伸ばして、ゆっくりと呼吸を繰り返す。そして、己の内部へ降りていった。

自分はなぜ、無念のこととなるとおぼこ娘のようになるのか――。

客相手の手練手管なら、山ほど知っている。

しかしそれは、納得ずくの偽物の色恋の駆け引きだ。

本物の恋を、自分は知らない――。

男と知り合い、甘い思いが心の中に芽生え、男の一挙手一投足にやきもきし、やがてそれが恋心だと気づき――。

そういう経験をしてこなかったのだ。

自分は今、経験できなかった幼い恋を体験しているのか――。

金魚は爪を噛む。

では、これからどうすればいい――？

貫兵衛の言うように、こっちが大人になって謝ればいいのだろうか。

けれどそれは癪《しゃく》だ――。

金魚の中で堂々巡りが始まった。

これが他人事であれば『じれったいねぇ』と言いながら、一番いい方法を考えてやれるのに――。

金魚は立ち上がる。家の中に座っていると、考えが悪い方向へ進んでしまいそうだと思った。

そうだ。永田の屋敷の狼の声でも聞いてこようか――。

金魚は自分に肯いて、行李《こうり》から着物を一着出して風呂敷に包んで抱えると、行灯を消し外に出た。

無念は薬楽堂の座敷に寝転がっていた。居候をしている狭い部屋である。行灯が薄暗く辺りを照らしている。

書きかけの草稿が文机の上に載っているが、紙の中程までで文字は途切れている。まったく乗らない。この先の展開は決まっているのだが、気の利いた文が出てこないのである。そのかわり、溜息ばかりが出てくる。

昼頃に貫兵衛がちょっと顔を出したあと、長右衛門らにさんざん説教された。

長右衛門は『金魚がいいって言うんだから、一つの部屋で一つの布団に寝ちまえばよかったんだ』と言う。

清之助は『すぐに戻って謝ればよかったのに』と言う。

「おれが悪いんじゃないのに、なんで謝らなきゃならねぇんだ」

これで何度目だろう。同じ言葉を無念は呟く。

「ちくしょう！」

無念は起き上がり、沓脱石《くつぬぎいし》の草履をつっかけて、通り土間に飛び込む。店じまいを始めていた竹吉と松吉が驚いて「お出かけですか」と訊く。

「〈ひょっとこ屋〉へ行ってくらぁ」

無念は潜り戸を抜けて外に出た。

ひょっとこ屋は、戯作者らがよく集まる居酒屋であった。

無念が店に入ると四方行灯の下の十人ほどの客たちが一斉に顔を向けて頓狂な声を上げた。

「なんだ、無念！　なんでお前がここにいる？」

「帰ぇって来たのか？」

「あっ。金魚姐さんに袖にされたな？」

その声が上がった途端、店の中に笑いが爆発した。

「なんだ、お前ぇら！　ばかにしやがって！」

無念は怒鳴って踵を返す。

「まぁまぁ無念。こっちに来て座れ」

織田野《おだの》武長《たけなが》が立ち上がって無念の肩を抱き、引き戻した。

織田野武長は筆名である。本名は加藤権三郎《かとうごんざぶろう》。勤番の尾張藩士である。武具奉行の下で働いていて、登城の供をするわけでもなく暇であったから、手遊《てすさ》びに戯作を書き始めたらそこそこ当たった。それで戯作者を続けている。

武長は無念に湯飲み茶碗を持たせ、徳利から酒を注ぐ。

「なにがあったか言ってみろ」

武長は促すが、無念はぶすっとした顔で、

「どうせ、笑い者にするんだろう」

と言う。

「しない、しない。なぁ」

武長は仲間たちを見回す。全員、神妙な顔で肯いたが、我慢できずに口元をひくつかせている者もいた。

無念はぼそぼそと子細を語る。聞いているうちに口元を押さえて外に出る者もいた。

「うーむ。それは無念が悪いというわけでもないな」

話を聞き終えて、武長が言った。

「だろ」無念はすがるような目で武長を見る。

「けれど、薬楽堂の連中はおれが悪いって言うんだ」

「お前が悪くないわけでもない」

「どっちなんだよ」

無念は口を尖らせた。

「どっちも悪いな」

武長の言葉に、仲間たちは肯く。

「推当の上手のくせして、お前の性格をちゃんと把握していなかった金魚も悪いし、余計な遠慮をしたお前も悪い」

「うーむ……。なら、おれはどうすりゃあいい？」

「金魚が帰って来るのを待つんだな」

「けど――」尾久野《おくの》牢人《ろうにん》が言う。

「伊勢参りなら、家財道具を売り払って行くのが普通です。だとすれば、帰って来るとは限らないんじゃないですか？」

牢人は、本名を慎三郎《しんざぶろう》という。日本橋高砂町の帳屋《ちょうや》（文房具屋）益屋《ますや》の若旦那で、金魚の戯作の熱狂的な愛読者であった。作品をもっと読みたいという思いが高じて金魚を座敷牢に閉じ込めるという事件を起こしたが、今は改心して戯作の修業をしている。薬楽堂の主催した素人戯作試合に作品を出したが落選。未だ本を出版するに至っていない。

「おっ、牢人。お前、無念の味方をするのか？」

戯作者の一人が言う。

「そういう訳じゃねぇよな。無念は恋敵だもんな」

別の一人がからかう。

「金魚さんへの思いはそんなんじゃないですよ」牢人は顔を赤くする。

「無念さんと一緒に伊勢参りに行ったと聞いた時には、胸が痛みましたが――。その痛みの原因をよく考えたら、それは恋ではなく、師匠としばらく会えないことによると気づきました」

「金魚は」無念が言う。

「留守の間の家賃を前払いして旅に出たんだって言ってた。だから、帰って来るとは思う」

武長が言う。

「なら、金魚の部屋に泊まり込んで待ってたらどうだ？」

「そんなことをしたら、しこたま怒られますよ」

牢人がぶるぶると首を振る。

「しこたま怒られるか、そこまで自分を想ってくれたと考えてくれるか、どっちかだろうな」

武長はにやにやと笑った。

「金魚の部屋に泊まり込むか――」

無念は腕組みをした。

「おい。真剣に考えているのか？」

と、ほかの戯作者たちが笑う。

無念は懐から銭袋を出して銭を一摑み取ると、床几の上に置く。

「一杯やってくれ」

と言うと、外に飛び出した。

五

無念は息を切らせて金魚の長屋の木戸の前に辿り着いた。路地を挟んだ両側の腰高障子は、二つ三つ明かりを透かしている。そのほかの住人はもう眠りについている様子だった。

音がしないように溝板を避けて金魚の部屋の前まで歩く。

金魚の部屋に明かりはない。

しかし――。

無念はくんくんと鼻を動かす。

菜種油の匂いがした。

近所から漂ってくるのは、魚の油を灯す臭い。

今まで灯していた菜種油が香っているのかとも思ったが、ずいぶん新しい匂いのような気がした。

無念は少し迷って、無言で腰高障子に手をかけた。そっと引き開ける。

菜種油の匂いの中に、微かに金魚のにおいを感じた。おそらくいつも身につけているのであろう匂い袋の香である。

懐かしくなって、悔しくなって、無念の目に涙が滲んだ。

無念は三和土に足を踏み入れると、静かに障子を閉める。

鼻を吸りながら草履を脱いで、手探りで座敷に上がる。

真っ暗な座敷にしばらく座っていると、闇に目が慣れてぼんやりと中の様子が見えてきた。

二間続きで手前の座敷には文机と書棚。奥の座敷の隅に枕屛風《まくらびょうぶ》が立ててある。

無念はそろそろと屛風に近づき、それを動かした。枕屛風の向こう側には布団が畳んで置かれていた。敷き布団と掛け布団である。

「さすが、売れっ子戯作者だねぇ」

無念は苦笑する。

この時代、庶民の多くは布団を持っていなかった。貸し物屋（レンタルショップ）から借りる者、搔巻《かいまき》一つで寝る者、藁を詰めた敷き布団を使う者などがほとんどで、自前で綿入りの布団を持っているのは希《まれ》であった。

無念は布団を引っ張り出して敷き、その上に横になった。掛け布団を引き上げると、匂い袋とは違うにおいがした。

本当の金魚のにおい――。

そう思った瞬間、無念の顔はかっと熱くなった。飛び起きて布団を畳み、元のように枕屏風で隠す。

そして、奥の座敷に寝転がって丸くなった。

秋であるから夜は冷え込む。明日は搔巻を持って来ようと無念は思った。

うつらうつらとした時、がらりと腰高障子が開いた。

驚いた無念は飛び起きた。

眩しい光が射し込み、無念を照らした。

「だ、誰でぇ！」

外から声が聞こえた。

光の向こう側に数人の人影が見えた。どうやら龕灯《がんどう》で照らしているらしかった。龕灯とは、釣り鐘形の銅枠の中に蠟燭を立て、一方向だけを照らすようにした照明具である。

「裏も固めてるから、逃げられねぇぞ！」

無念は裏の障子を見る。ちらちらと蠟燭の光が揺れていた。

「お前ぇらこそ誰でぇ！」

無念は眉の上に手をかざして、目を細めながら怒鳴る。

「おれたちはこの長屋の住人だ！　金魚ちゃんに留守を頼まれてるんだ！　さぁ、お前ぇも名乗れ！　どこの盗人《ぬすっと》だ！」

「盗人なんかじゃねぇ。戯作者の本能寺無念って者だ。金魚と同じ、薬楽堂から本を出してる」

無念が言うと、長屋の住人らはひそひそと言葉を交わし合う。

「本当だろうな」

人影の一人が訊いた。

「そういやぁ、一、二度見かけたことがあるよ」

人影の後ろから女の声が言う。

「ああ、金魚ちゃんが旅に出た次の日に来た男だよ」

別の女の声が聞こえた。

「念のためだ。誰かひとっ走り、薬楽堂へ走れ」

その声に誰かが「がってんだ」と応え、走り出す音が聞こえた。

「それで、戯作者の本能寺無念さんが、なんでまた金魚ちゃんの部屋へ忍び込んでいるんでぇ？」

「それは……」無念は返答に困る。

「金魚が戻るまでここで待とうと思ったんだよ」

「戻るまで？」

人影たちはひそひそと言葉を交わす。

「伊勢参りに行ったことは知ってるよ。戻るまでずいぶんかかることだって分かってる。おれは戸塚宿まで一緒に旅をしてたが、金魚を怒らせて追い返された――」

「一緒に旅したってことはなにかい」寝間着を着た中年の女が前に出て来て、親指を立ててみせた。

「お前さん、金魚ちゃんのこれかい？」

「いや……。そうだって言うか、そうじゃねぇって言うか……」

「はっきりする前に追ん出されたってことだね」

女は納得したように肯き、座敷に上がり込んで来た。行灯に火を点けて無念の前に正座すると、

「金魚ちゃんは帰って来てるよ」

と言った。

「えっ？」

無念の中に、幾つもの疑問が渦巻く。

なぜ帰って来た――？

帰って来たんなら、なぜ薬楽堂に顔を出さねぇ――？

まだおれに怒っているのか――？

「あたしが寝る前までは行灯が点っていたが、どこへ出かけたのかは分からない。いずれ戻って来るだろうから、それを待てばいい。けれど、あんただけをここに置くわけにはいかない。よく知らない人だからねぇ。金魚ちゃんが戻って来るまであんたを見張る。金魚ちゃんが戻って来たら、よーっく話し合うんだね」

女は言うと、三和土と外に詰めかけている男たちに顎で合図をして部屋を出て行った。

入れ替わりに長屋の男たちが上がり込んで無念を囲んであぐらをかいた。手に手に擂《す》り粉木《こぎ》や心張り棒を持っている。

無念がここにいる理由を知って気の毒に思ったからだろうか、得物《えもの》を持ってはいても殺気立った様子はなく、中には気の毒そうに無念を見る者もいた。

一方、無念の方は、金魚がなぜ帰って来たのかの自問自答を心の中で繰り返していた。

金魚は永田六之助の屋敷の近くに潜んでいた。常夜灯の裏である。灯台もと暗し、台の周囲の闇は濃い。隠れるには好都合であったが、人通りはまるでなく、ただ突っ立っていても見つかることはなさそうに思えた。

それでも、ここに来るまで大名が設置している辻番所が幾つかあって、金魚は仕立て直しの着物を届けるのだと嘘を言って通り抜けた。風呂敷に包んだ着物はその言い訳のためであった。

闇の中に足音が聞こえた。すたすたと歩く若い者の足音である。一人であるから、身分の高い者ではないようだった。

金魚は、足音の方向から死角になる側に身を移す。

丁字に繋がった通りの斜め前方に、人影が現れる。常夜灯に、総髪を髷に結った若い男が照らされた。四角い風呂敷包みを提げている。学者風であるから風呂敷の中は書物であろうと金魚は思った。

男は通り過ぎて築地塀の向こうに消えたが、その途端、ぴたりと足音が止まった。そして引き返して来る。丁字路の辻に姿を現した男は、金魚が身を隠した常夜灯の辺りに視線を向けている様子だった。

「なんや。お伊勢参りに行ったんちゃうんかい。そこにおるのは、鉢野金魚はんやろ」

　上方訛で男は言った。

　金魚はどきりとした。

　なぜあたしがここにいることが分かった——？

　そもそも、なぜあの男はあたしを知っている——？

　さて、どうしよう。走って逃げるか、開き直って出て行くか——。と金魚が思っていると、男は常夜灯に歩み寄った。金魚は仕方なく常夜灯の裏から出て、男に向かい合う。

「誰かが潜んでいるのは匂い袋の香りで分かった。女が好む匂いだから、潜んでいるのは女。そして、怪異の噂がある屋敷のそばにいる女といえば、お江戸広しといえども、鉢野金魚くらいやろうと推当《おしあ》てたんや」

　男の言葉に、金魚は小さく舌打ちする。

「わたしは懐土堂粋山。あんたと同様、怪異が好物な男や」

「で、この辺りで死人が歩いてるっていう噂や、獣のような声が聞こえるっていう噂を聞いて、確かめようと思ったかい」

「さすがの推当やな。戯作どおりや」

「ふん。この界隈の怪異はあたしが解明するから、あんたはのいてな」

「そうはいかへん。鉢野金魚よりも先に謎を解いたとなれば、江戸の皆々さまも懐土堂に興味をもってくれる」

「そんなことにあたしを利用するのはやめとくれ」

「利用できるものはなんでも利用する。そして、この世の中に亡魂とか物の怪とかは存在せぇへんということを、人々に知らしめるんや」

「なんのために?」

「わたしは長崎まで行ったことがあるが、諸外国の進歩は恐ろしいほどや。その気になれば、日本を属国にすることなど容易《たやす》いやろう。ところが、その進歩した諸外国の庶民には、読み書きのできない者が多いという。日本では長屋に住んでいる貧乏人の子供も、おおかた読み書き算盤ができる」粋山はまくし立てるように早口で言う。「日本の民の多くは学問の素地ができている。その気になれば、諸外国を追い越すことも夢やない。日本は小さい国やから、物量では負ける。けれど、学問は別や。一冊の本があれば何千何万の者がその内容を学べる。まずは日本を学問の強国にすることが必要や。そのために障害となるのが盲信、迷信の類。人々が信じるそれらを理路整然と解き明かしてやれば、亡魂、物の怪の類いを信じる者はいなくなるはずや。そして筋道を立てて考える力を養うことができる」

「大坂では懐徳堂で、江戸では懐土堂でそれをやっていこうっていう魂胆かい」

「そういうことや」

「大望は結構だけど、そう簡単にはいかないよ。迷信を信じたい者たちにはそれなりの理由があるんだ。子供の病を治そうと、お百度を踏む母親に『そんなことをしても無駄だからやめろ』とあんたは言えるかい？　夜、長屋の腰高障子がとんとんと叩かれた。外に出ても誰もいない。後日、故郷から親が死んだという知らせが来る。障子が叩かれたのは親が息を引き取った刻限だった。子は『あれは親が知らせに来たのだ』と涙を流す。そんな者に、あんたは『それは気の迷いだ』と言えるかい？」

金魚はつんと顎を反らす。

「ふーむ」粋山は肩をすくめる。

「なるほど、道は遠そうやな。しかし、正しい考えの邪魔にしかならない迷信はごまんとある。そういうものを先に潰していけばええ」

その時である。

微かに犬の遠吠えのようなものが聞こえた。

金魚と粋山は耳を澄ます。

一本調子の吠え声ではなく、口が自在に動くもの――、人の叫び声に近かった。高く低く、長く尾を曳き、続いているが聞き取れる言葉はない。

蔵の中からでも聞こえてくるのだろうか、その声は籠もり、途切れがちである。悲しげで、時に怒り狂ったように続いている。

そしてそれは唐突に止《や》んだ。

「ふん。狼じゃなさそうだね」

「歩いてる死人の声かもしれへんな」

「死人は歩かないし、吠えもしないよ」

「生き返った奴なら歩くし、吠えもするで」

「あんたも蘇りを信じてるのかい？」

金魚は鼻で笑った。

「蘇りは怪異やあらへん。死んどると思われて埋められる奴もたまにいる――。しかし、生き返ったんなら目出度《めでた》いこっちゃ。なぜ隠すんやろ」

「あの声さ。あれは正気の人の声じゃないよ。息を吹き返したはいいが気が触れてしまったんなら、世間さまに知られたくはない。侍なんて体面ばかり気にするからね」

「なるほど。あとは、なぜそんなことになったんかやな。あんたはなにか摑んどるか？」

「自分で調べな」

金魚は素っ気なく言って歩き出した。

「組んで調べようや」

粋山は金魚を追いかける。

「ごめんだね」

「なんで？　賢いわたしらが組めば、謎解きも早くすむで」

「あんた、懐徳堂の門下じゃないだろう？」

金魚はすたすた歩きながら言う。

「なにを言うんや……」

粋山は口ごもる。

「本当に懐徳堂が江戸に出て来たんなら、そのまんま懐徳堂を名乗るはずさ」金魚は早口にまくし立てる。

「あんたは懐徳堂を破門されたか、入門したくても断られたかして、それならってんで江戸で一旗揚げようとしているんだろう？　あたしを借りた本で知ったってのは本当かもしれない。右も左も分からない江戸で、誰か頼りになる者が欲しい。それであたしに声をかけようと思った。薬楽堂であたしが伊勢参りに行ったことを聞いて仕方なく、噂を頼りに永田の屋敷に来てみたら、あたしとばったり――。違うかい？」

「うーむ」

粋山は唸るばかりで答えない。どうやら図星であったようだ。

「そういう奴に利用されるのはごめんだね」

金魚は立ち止まって、粋山に向き合う。

「分かったんならさっさと別の道を選んで帰りな。そうじゃなきゃ、大声を出すよ。すぐに辻番が飛んで来る」

「気ぃが変わったら、知らせや。須田町一丁目で塾を開いとるさかい、辺りで懐土堂って訊けば教えてくれる」

粋山は言うと踵を返して闇の中に走って行った。


薬楽堂に無念の身元を確かめに行った男は、誰か連れて来て本人かどうかを確認したかったのだが――。

長右衛門に『無念のやりそうなこった。そいつは無念に違いねぇよ。わざわざ確かめに行くのもばからしい』と言われ、不満そうな顔で戻って来た。

無念は、男たちに囲まれて気詰まりな一刻《いっとき》（約二時間）を過ごした。

溝板を踏む音が聞こえた。足運びは女――。

無念の胸は高鳴る。

木戸を入って少しのところで、足音は一旦止まった。自分の部屋の腰高障子が明かりを透かしているのに気づいたのだろう。

足音はすぐに歩き出し、金魚の部屋の前まで来て、障子がするすると開いた。

行灯の明かりに、金魚の姿が照らし出された。無念と、それを取り囲む男たちを見て、金魚の表情が少し動く。

無念の鼓動は胸を突き破らんばかりになっている。なにか言おうと思ったが、唇がわななくばかりだった。

「なんだい、みんな揃って」

金魚は、座敷に座る隙がなかったので、三和土に立ったまま言った。いつもどおりの口調で、自分に対する怒りは感じられなかったから、無念は少しだけ安堵した。

「金魚ちゃん。お帰り」男の一人が言う。

「こいつが部屋に忍び込んでいたから、お前ぇが帰って来るまで見張ってたんだ」

「お前ぇさんがお伊勢参りから帰るまでここで待つんだとか言ってさ」

「本能寺無念って名乗ってたが、知り合いかい?」

見張りの男たちは口々に言う。

金魚は無念に目を向ける。

無念はその視線と表情の中から、金魚の感情を読み取ろうとした。しかし、表情の変化はなく、いつもの金魚のようでもあり、見ようによっては他人を見つめる目つきととれなくもなく、無念は戸惑った。

「ああ。確かに本能寺無念だよ。あたしの――」と言って、ほんの少し間を空けた。

「知り合いさ」

〝許婚《いいなずけ》〟でも、〝いい人〟でも、〝友だち〟でもなく、〝知り合い〟と言われたことで、無念の胸は痛んだ。

「だったらいいや。あとは任せてもいいかい?」

男たちは立ち上がる。

金魚は一瞬、返答に迷ったように見えた。

「ああ、いいよ。朝が早いってのに、迷惑をかけたね。あとで一杯ご馳走するよ」

「そりゃあ、嬉しいね」

男たちは笑みを浮かべて部屋を出て行った。

金魚は男たちを見送ると、そっと腰高障子を閉めて、無念に向かい合って座った。

「金魚……。すまなかった」

無念は頭を下げた。

「悪いとは思ってないんだろ」

金魚が言う。

「え……、いや……」

無念は顔を上げる。

金魚は表情を殺して無念を見つめている。

「悪いと思ってないんなら謝っちゃいけないよ。あたしも悪かったと思ってないから謝らない」

「それじゃあ、締めくくりができねぇだろう」

「できないけど、上手い締めくくりのしかたも分からない。戯作を書いててそうなったら、あんたはどうする？」

「脇に置いて、別の戯作を書くなぁ」

「あたしは戯作で詰まったことはないけど、もしそうなったらあんたと同じことをすると思う。だったら、この件も棚上げにして、一から始めるってのはどうだい」

「一から始める？」

「お互い、自分の気持ちを一から確かめるのさ。桶の中に同じくらい水が溜まった時、もう一度、話し合うってのはどうだい」

「気持ちが同じくらいになった時にってことか」

「今まで、あたしたちは自分の桶の中しか見ていなかった。今度は、お互いの桶を確かめ合うのさ」

「なるほどな――」

完全に袖にされることを覚悟していた無念は、おおいに安心した。

「納得したなら、もう帰んな。明日は薬楽堂に顔を出すよ」

「分かった」

無念はなんだかすっきりした気持ちで立ち上がり、金魚の部屋を出た。


金魚は遠ざかる無念の足音を聞きながら溜息をついた。

おおいに安心したのは金魚も同様であった。

さっきまで金魚の中には、無念に嫌われてしまったろうと思う自分と、無念は袖にされたと思って落ち込んでいる筈だと思う自分がいた。

前者は絶望し、後者はまだまだ手はあるとたかをくっていた。

無念に提案したのは、後者が考えた妥協案であった。

前者はおぼこ娘の金魚。後者は女郎であった金魚――。

おぼこ娘の金魚は、死んでしまいそうなほどの羞恥を堪えて、無念に一つの部屋で一夜を明かそうと言ったのに、無惨にも拒絶されたと感じている。その心の蟠《わだかま》りが解けないのだ。それがあまりにも強いために、心の均衡が崩れ、余裕を失っている。

「まったく、面倒くさいねぇ……」

金魚は泣きそうな顔をして額を叩いた。

六

薬楽堂は朝からぴりぴりとした空気に包まれていた。手代の清之助と小僧の竹吉、松吉は、暖簾が動くたびにびくりとそちらを向き、客だと分かるとほっと息を吐くのだった。

主の短右衛門は緊張の面もちで帳場に座り、長右衛門と無念は帳場の奥の小部屋で煙管を吹かし続けている。短右衛門の娘、けいも、金魚が帰って来たと聞いて駆けつけていたが、顔の前に流れてくる煙を迷惑そうに手で払っていた。

友だちの只野《ただの》真葛《まくず》と栄《えい》も昨夜、竹吉、松吉の知らせで金魚の帰還を知ったが、無念との顚末を聞き、げらげらと笑って『落ち着いたら会いに行く』と答えたのだった。

昼少し前、からころと軽やかな下駄《げた》の音が聞こえてきた。

清之助と竹吉、松吉は顔を見合わせ、さっと短右衛門に顔を向ける。短右衛門は顔を強張らせて奥の小部屋に「いらしたようで」と声をかけた。長右衛門と無念がむせる音が聞こえた。

暖簾がたくし上げられ、金魚が姿を現した。

黒っぽい地で裾が芒《すすき》の原の着物。葡萄《ぶどう》色の鹿革の煙草入れの前金は月に雁《かり》。

「お帰りなさい、金魚さん」

清之助が強張った笑みを浮かべた。

金魚は、ぐいっと清之助に顔を近づけ、

「腫れ物に触るような態度は嫌いなんだ。当たり前にしとくれ」

と言って、おでこを人差し指で押した。

帳場裏の小部屋からけいがぱたぱたと出て来る。そして金魚の顔を見ると、嬉しそうに笑みを浮かべた。

「お帰り、金魚ちゃん。事情が事情だから、土産《みやげ》は期待してない」

「いつもどおりなのはおけいちゃんだけだねぇ」

「たぶん、お栄や真葛婆ぁもいつもどおりだと思う」

けいは金魚の手を引っ張って店に上げ、小部屋に導く。

金魚は煙草の煙の充満した部屋に眉をひそめる。

「忙しなく吹かしちゃあ、火が熱くなりすぎて煙草が不味《まず》くなるよ」

言って無念、長右衛門に向かい合って座る。けいは金魚と手を繋いだまま、横に腰を下ろした。

「お、おう……」

無念と長右衛門は言って新しい煙草を煙管に詰めた。

金魚は二人の態度を面白そうに眺めながら、意地悪く少し間を空けて話し出す。

「本所で妙なことが起こってる」

金魚は貫兵衛、又蔵から聞いたことや、自分が昨夜《ゆうべ》見聞きしたことを語った。

「粋山が首を突っ込んできたか」

長右衛門が言った。

「こっちにも来たろ」

金魚はけいの手をそっと離すと、煙草入れを取って煙管に刻みを詰める。

「来た。お前ぇと話がしてぇって言ってな」

無念が面白くなさそうに言う。

「相棒にしたかったようだが、断ったよ」

金魚の言葉に、無念はほっとしたような表情になった。

「だが、金魚よぉ」長右衛門が言う。

「旗本の家の厄介事に関わるのはどうかと思うぜ」

「百姓から年貢を搾り取り、贅沢に暮らしている奴らが隠したいことをつまびらかにしてやるんだ。遠慮することはないよ」

「遠慮してるんじゃねぇ。下手をすると斬り殺されるぞって話だ」

「斬り捨て御免なんて言ってるけど、こっちを斬ったら向こうも腹を斬らなきゃならない。滅多なことはできないさ」

「それは隠したいことの度合いによるぜ。家名を汚すようなことならば、向こうも必死になる」

「確かにね」

　と言いながら、金魚は自分が吐いた煙を手で払う。三人の煙草のために小部屋は霧がかかったようになっている。

「大旦那の離れに移ろうよ。ここは風通しが悪い」金魚はにやっと笑う。

「あたしが来たらすぐに顔を見ようってんでここに陣取ったんだろうけど、もういいだろ」

「たまたまだよ。たまたま」

　長右衛門は立ち上がり、通り土間に下りた。

金魚、無念、けい、長右衛門は、離れに移って話の続きを始めた。

「でもよぉ、金魚」無念が怯えたような口調で言う。

「流行病ってことはねぇだろうな。宴で感染《うつ》ったとかよぉ」

「それなら小坂、永田、川上の三家に、病が広がっているはずだ」けいが言う。

「家の者に広がり、使用人から通いの商人、棒手振《ぼてふり》なんかに感染る」

「そんなことになっているなら町の連中が騒ぐ」金魚が言う。

「そんな様子はないね」

「獣に噛まれて感染る病もあるだろう。そんなやつだったら、噛まれた奴だけ感染るぜ」

「噛まれた奴が病に罹って死んで蘇り、また誰かを噛んで病を感染すってか？」長右衛門が顎を撫でる。

「戯作にすりゃあ面白ぇかもしれねぇな。無念、書いてみなよ」

「ごめんだね」無念はぶるぶると頭を振る。

「怪談は書かねぇよ」

「今じゃなくてもいい。なにか流行病が広がっている時に出しゃあ、馬鹿売れするぜ」

「市中を騒がせたってお咎《とが》めを受けるよ」

金魚は苦笑した。

貫兵衛と又蔵は、永願寺の若い僧を追っていた。金魚が話を聞いた僧である。

僧は寺を出ると、旗本屋敷が並ぶ通りを左に折れて、御家人の屋敷が集まる界隈に足を踏み入れた。

辺りに人影がないことを確認し、貫兵衛はすすっと僧の後ろに歩み寄る。

背後から右腕で僧の体を抱え込み、左手で口を押さえる。掌の中で僧の悲鳴が上がる。

又蔵が素早く、右側の廃屋の門扉を押し開ける。貫兵衛は雑草だらけの庭に、僧を引きずり込んだ。又蔵が門扉を閉める。

「御公儀《ごこうぎ》御用《ごよう》の者だ。大人しくしておれば痛い思いはさせぬ」

貫兵衛は僧の耳元で囁く。

僧は何度も肯いた。

貫兵衛は僧の口から手を離し、その体をくるりとこちらに向けた。

僧は怯えた顔で貫兵衛を見つめる。

「拙僧になにか御用でございましょうか？」

「小坂七郎兵衛、永田六之助、川上祐太朗のことを聞きたい」

僧の表情が強張った。

「御公儀御用と言うた。嘘をつけば、お前ばかりか寺も大変なことになるぞ」

又蔵が近寄り、僧の脇にしゃがみ込み、どすの利いた声で訊く。

「なにがあった？」

「小坂さまのお屋敷でなにがあったのかは知りません」

「ほう」又蔵はにやりとする。

「では、小坂の屋敷で知らないなにかがあったのだな？　三人で宴をしていたと聞こえているが」

「はい……。お屋敷のことで拙僧が知っているのはそこまででございます」

「ならば、それ以外を聞こうか」

僧は唇を噛んで目を泳がせたが、観念したように語り始めた。

「小坂さまのご葬儀のあとでございます。小坂家では、死人が出た際にはまずは仮の埋葬をしまして、何年かして掘り出し、洗骨して御廟に納めることになっております――」


小坂を仮葬した夜のことである。若い僧は住職に、小坂家に今後の儀式についての打ち合わせをしてくるよう命じられた。

僧は僧坊を出て山門に向かった。

秋の虫が鳴いていたが、めっきり数が減っていた。

その中に、虫の声とは異なる音を、僧は聞き取った。足を止めて、それが聞こえる方向に顔を向け、耳を澄ませた。

呻き声のように思った。微かなくぐもった声であったが、誰かが唸っている。

人か、亡魂か――。

いずれにしろ、救わなければならない。

僧は声の方へ歩いた。

呻き声の中に別の音が混じった。

固い物で板を引っ掻くような、がりがりという音――。

僧ははっとした。

これは、話に聞いた〝あれ〟か――。

僧は急いで寺男の小屋に走り、三人の男たちを叩き起こすと提灯《ちょうちん》と鋤《すき》を持たせて走った。

目指すは小坂家の仮葬場。〝あれ〟が起こったとすれば、埋葬して間がない小坂七郎兵衛の墓しかない。

小坂家の仮葬場が近づくにつれて、呻き声となにかを引っ掻く音は大きくなった。

「こいつは、いけねぇ！」

寺男たちは七郎兵衛の土饅頭に駆け寄って土を掘り始めた。小山を作った土が取り除かれるにつれて、声と引っ掻き音は大きくなる。

寺男たちの土を掘る手がさらに忙しくなる。

やがて土の中に丸い座棺の蓋が現れた。

寺男たちは鋤で蓋をこじり、開けた。

この世のものとも思えぬ呻き声が夜気を震わせた。

僧は棺の中を提灯で照らす。

そこには、髪を振り乱し、爪の剝がれた血まみれの手を振り回す、小坂七郎兵衛の姿があった。

寺男らは七郎兵衛を棺の中から引き出そうとした。

七郎兵衛は差し出される寺男らの手に嚙みつこうとする。

寺男の一人が手拭いを帯から抜いて、七郎兵衛の後ろ側に回る。二人の寺男が七郎兵衛の注意を引いているうちに、後ろに回った一人が素早く猿轡《さるぐつわ》を嚙ませた。

七郎兵衛は驚いて猿轡を取ろうとする。腕を上げたので脇が開いた。後ろの寺男はそこに自分の腕を差し込み、七郎兵衛を抱き上げた。二人の寺男が左右に回り、「よっこらしょっ」と七郎兵衛を棺から引きずり出した。

「話には聞いていたが、初めて見た」

僧は震える声で言った。

「あっしらは二回目で」

二人の寺男は肯き合う。

「こっちは初めてで」

寺男たちは口々に言い、二回目と言った男が懐から晒《さらし》を出して七郎兵衛の手足を縛った。

「埋めるのが早すぎて、棺の中で息を吹き返した奴は、気が触れていることが多いんでございやす」

寺男たちは七郎兵衛を担ぎ上げ、本堂へ運んだ。

住職は青くなり、小坂家と医者の高畠妙庵へ使いを出した。

すぐに高畠と小坂家の家臣が現れて、七郎兵衛を小坂の屋敷へ連れ帰った。


「――その後、小坂さまがどうなったのかは分かりません。夜、屋敷の外を歩いているのを見たという話は耳にしておりますが」

「永田六之助は？」

「永田さまのお家も仮葬を行います。ご葬儀のあと、小坂さまのことがございましたから、墓に寺男を見張りにつけました」

「そしたらまた蘇ったってわけだ」

又蔵が言う。

「左様でございます。永田さまもお屋敷へお引き渡しいたしました」

「川上はどうなっている？」

「妙庵先生が診ていると聞いております」

「誰かが毒を盛ったとか、そういう話は聞こえていないか？」

貫兵衛が訊くと僧は首を振った。

「小坂と永田が、埋められた後で生き返ったってのは本当なんだな？」

「本当でございます」

「分かった――。我らに会うたことは誰にも言うな。我らが動いていることが知られれば、お調べの妨げとなる」

「分かりました……」

僧は肯いた。

貫兵衛と又蔵はもう一度「誰にも言うでないぞ」と念を押し、廃屋を出た。

七

「そういう戯作なら、わたしが書こうか」

声の方を見ると、只野真葛が中庭を離れの方へ歩いて来るのが見えた。

「なんだい。落ち着くまで放っておくんじゃなかったのかい？」

金魚はつんと顎を反らせる。

「暇つぶしにからかいに来たのさ」真葛は離れに上がり込む。

「なにやら面白いことが起こっているようだな」

金魚は一から説明するのが面倒なものだから、けいにその役目を振った。けいは、理路整然と順序立てて子細を語り、

「で、真葛婆ぁはどう思う？」

と訊いた。

「世の中が豊臣秀吉公《とよとみひでよしこう》によって統一されて間もない頃、盛岡藩の花巻城で恐ろしい事件があった。家老が仙台藩と通じていると疑った城主が、毒の酒を飲ませて殺害しようとしたのだ。宴を催したが、しかし家老は城主に毒味を求めた。家老を生かしておいては盛岡藩の危機を招くと、城主は己の命を捨てた」

「毒味をしたのかい」

「そうだ。城主が酒を飲んだのに安心した家老と、その配下らは毒の酒を飲んだ。結局、城主と家老、その配下ら数名も死んだ――。小坂の屋敷でそういうことが起こったのかもしれぬな」

「小坂の出世をやっかんだ永田か川上が毒を盛ったか」

長右衛門が言った時、貫兵衛が小走りに中庭を横切った。濡れ縁に腰掛けて、

「小坂と永田は、確かに墓の中から蘇ったようだ」

と言った。

「なんだって……」

無念は震え上がり、金魚は小さく舌打ちをし、真葛は目を輝かせた。

「ほぉ。それは確かか？」

真葛が訊く。

「永願寺の若い坊主がその目で見たようだ」

貫兵衛は僧が語った出来事を面々に伝えた。

「なかなか面白い」

真葛は腕組みをして何度も肯く。

「毒が弱かったってことだろ」金魚は煙管を忙しなく吹かす。

「だから一人は死なず、二人は蘇った。それだけのことさ」

「そんなに吹かすと煙草が辛くなるぞ」真葛がにやにや笑いながら言う。

「それだけかどうかは、もっと調べてみなければ分からぬだろう」

「又蔵はまだ小坂ら三人を調べているが、今のところ殺すほどの恨みを抱いている者は見つかっていないようだ。永田、川上はやっかんでいる様子はなく、ひたすら小坂の伝手を使って出世したいと考えていた様子だから、小坂に死なれては困る立場であったようだ」

貫兵衛は言う。

「結局、小坂の家臣の上の方に訊かなきゃ真相は分からないかい。揺さぶってみるかね」

金魚は顎を撫でる。

「命がけでする必要があるのか？」

無念が眉をひそめる。

「放っとけば気持ち悪いだろう」

金魚はつんとした顔で返す。

「お前と無念の問題は放っておいていいのか？」

真葛がにやにやしながら訊く。

「関係ない話するんじゃないよ」金魚は即座に言って煙管の灰を落とす。

「懐土堂粋山なんて奴が動いている。先に謎解きされてでかい顔されたら面白くないじゃないか」

「粋山か……」

無念は腕組みした。金魚とは別に思うところがある様子であった。

「金魚ちゃんに聞いたが――」けいが言った。

「粋山とやらは学問で怪異を解き、迷信を排除しようと考えているのだろう？　なら、金魚ちゃんと話が合うかもしれない。だから近づけたくない。仲良くさせるより、敵対させる方がいい。無念、お前はそう考えているのではないか？」

無念の顔が赤くなる。

「そんなことあるもんか！」

と慌てて否定した。

「大坂の奴に江戸ででかい顔されるのが嫌なだけでぇ」

「無念、無念」真葛が言う。

「わたしは仙台藩の出だ。わたしがでかい顔をするのはよいのか？」

「そもそも」長右衛門が言う。

「江戸は、神君家康公が開闢《かいびゃく》して以来、諸国から人々が流入してできた。言ってみればごった煮みてぇなもんだ。江戸っ子を気取ってる奴も四代、五代と遡るととんでもねぇ田舎の出だったりする。生国がどこだからと差別するのはよくねぇな」

「いや……。そういうわけじゃあ……」

無念は小さくなる。

「照れ隠しに適当なことを言うから恥を掻く」

けいが素っ気なく言った。

金魚は、みんなに責められる無念がちょっとかわいそうになった。

「さぁ、どうする？」金魚は一同を見回す。

「相手は旗本。下手をすりゃあ人斬り包丁を抜いて乗り込んでくるかもしれない。謎解きをするかしないか決めておくれ」

「お前は一人でもやるつもりだろうが」

長右衛門が言う。

「そうだよ」

「なら――」無念が言った。

「おれは助けるぜ」

「お前はそうだろうよ」真葛は言う。

「わたしはどうせ暇だから手伝うことにする」

「この件も戯作にするんだろう？」

と、長右衛門は不安げである。

「上手い具合に脚色するさ。なんならほとぼりが冷めてからってこともできるよ」

金魚は事も無げである。

「よし。なにをすればいい？」

長右衛門は言う。

「小坂、永田、川上の家の使用人で、口が軽そうな奴を見つける。そこから宴の晩になにがあったのか調べよう」

「それはいいが、金魚」真葛が言った。

「何者かが反魂の術を使ったかしれないということも考慮した方がいいぞ」

「反魂の術――、死人を生き返らせる術なんてあるはずないじゃないか」

金魚はひらひらと手を振ってばかにしたように言う。

「わたしも話でしか知らぬが、もし反魂の術を使える呪術師が関わっているなら、用心せねばならぬぞ」

「万が一、そういう呪術師が関わっていたとしても、生前と同じような心身に生き返らせられなかったんだから、たいした力はもってないよ」


貫兵衛、真葛はそれぞれ市中に散った。長右衛門は仕事が忙しいと言って薬楽堂に残った。金魚はけいの手を引き、本所へ向かった。

無念は薬楽堂の自室で髪を整え無精髭を剃り、袴《はかま》と羽織を着こんで行李から大刀、小刀を取り出した。この刀、竹光《たけみつ》である。戯作で斬り合いの場面を書く時に振り回して動きを演じ、それを文章に起こすために用意しているのだった。

無念は竹光を差して薬楽堂を出た。清之助と竹吉、松吉が驚いた顔で見送った。

「馬子にも衣装だな」という長右衛門のからかいが、背後から聞こえた。

旗本やその家臣というのでは無理があったが、貧乏御家人には見えた。

無念が向かっているのは小坂の屋敷であった。出入りの商人からなにか手掛かりが得られないかと思ったからである。

小路に潜み、通行人が来たら自分もどこかへ向かう途中のように歩き出したり、できるだけ目立たないように小坂の屋敷を見張った。

できれば正面の門か裏口を見張り続けたかったが、そうもいかず、一刻ほどかけて、屋敷を一周した。

裏口近くで正面から商人風の男が歩いて来たので無念はしゃがんで草鞋《わらじ》の紐を直すふりをしてやりすごそうとした。

無念の視野に男の半身が見えて、こちらに近づいて来るのが分かった。

まずいな――。

そう思っているうちに、男の足が無念のすぐ前で止まった。

「無念さん」

小声で話しかけられた。知った声である。

顔を上げると商家の手代風の格好をした又蔵が見下ろしていた。

「草履を履いているのに、草鞋の紐を直すふりは、怪しすぎやすぜ」

呆れ顔で又蔵が言う。

「仕方がないじゃないか。咄嗟《とっさ》に思いつかなかった」

無念はばつの悪い顔をして立ち上がる。

「そういう時は、何気ない顔ですれ違えばいいんですよ――。薬楽堂の皆さん、動き出したんで？」

「金魚の案で、小坂、永田、川上の家の使用人で、口が軽そうな奴を見つけることになった」

「ああ、そういうことで——。で、金魚さんとは仲直りしたんで？」

「うやむやだ」

無念は唇をへの字にした。

「それはお気の毒さま」

「そんなことより、なにか分かったか？」

「へい。あっしは裏口を見張っていたんでござんすが、朝早く野菜売りが来ただけで変わったことはございやせん。正面の方は、知り合いに頼んでいやすが、こっちと同様のようで」

「それじゃあ、出入りの商人に当たって使用人のことを聞き込むか」

無念が歩き出そうとした時、裏口近くの小路から町人が一人現れた。町人は裏口の戸を叩き、出てきた小者になにか話すと、中に入って行った。

「何屋だ？」

無念は訊く。

「さて、あっしが見張りについてからは見ない顔でござんす。売掛金でも取りに来たかな」

「ふん——」無念は腕組みして小首を傾げる。

「出て来るまで待ってみるかな」

無念と又蔵は立ち話を装い、裏口の様子を監視し続けた。

「そういえば、懐土堂粋山はご存じで？」

「ああ。薬楽堂で会った」

「この辺りをうろついてますぜ」

「どんな様子だった？」

「打つ手が無くて困っているようでござんしたね。迂闊《うかつ》に聞き込みをすれば動きがばれる。さりとて、どうやって手掛かりを摑んだらいいか分からない。だから、犬も歩けば棒に当たる式に、なにか見つからないかと歩いてるだけって感じでござんした」

「こっちだって似たようなもんだがな――。手下《てか》を使っている様子は？」

「ありやせんね」

「塾を開いたばかりで門下はいないか――」

「この件で名を上げて門下生を集めたいって目論《もくろ》みでしょうが、あてもなくほっつき歩いているばかりじゃ、どうしようもありやせんね」

「うむ――」言って無念は裏口に顔を向ける。

「集金にしては時がかかりすぎじゃないか？」

「なかなか出て来やせんね」

小半刻（約三〇分）ほどして町人は出て来た。にやにやと笑いながら、裏口の中の者に頭を下げ、踊るような足取りで小路へ入って行く。

「尾行《つけ》てみる」

無念は言って町人の後を追った。

町人は少し歩いて、とある旗本屋敷の裏口に立っている中間《ちゅうげん》に声をかけた。中間は肯いて町人を中に入れる。

賭場《とば》を開帳していると噂がある屋敷であった。

一刻ほど経って、町人はふてくされたような顔で出て来た。だいぶ負けたようだと思いながら、無念はあとを追う。

町人は林町二丁目の居酒屋へ入った。無念も続いて入る。町人が小上がりに座っているのを確かめて、無念は床几に腰掛けた。

注文を訊きに来た小女に、

「小上がりの町人、何者だ?」

と訊いた。

小女はちょっと眉をひそめて警戒の表情になる。

「いや、賭場で一緒になってな」無念は柔和な笑顔を作り、精一杯優しげな口調で言った。

「いい賭けっぷりに感心した。一献差し上げようかと思ったが、誰とも知れぬ者に話しかけるのも気が引けるのでな」

小女は無念に顔を近づけ、小声で答える。

「弥平《やへい》さんっていいます。だけど、弥平さんは懐《ふところ》具合がよくなると、すぐに賭場に行っちゃうんです。ですから、いい賭けっぷりなんておだてると調子に乗っちゃうからやめてください」

「そうなのか――。生業《なりわい》はなんだ？」

「しがないお魚屋さんです」

「分かった。構わないことにしよう」

無念は素直に言って、酒と目刺しを注文した。

「よかった」

小女はにっこりと笑って厨房へ向かった。

弥平は懐が温かくなるとすぐに賭場へ行く。とすれば、小坂家で懐を温めたのだ。売掛金を手に入れたからか、別の金を手に入れたか――。強請《ゆす》りか――。

もしそうだとすれば、弥平は小坂家でなにがあったのか知っている――。

とっ捕まえて吐かせるか。薬楽堂へ引っ張っていくか――。

いやいや。ここで失敗すれば、ますます金魚に嫌われる。弥平のねぐらを確かめて、報告するだけにしよう――。

無念は運ばれて来た酒と肴をちびちびとやりながら、横目で弥平を監視した。

弥平が腰を上げそうな様子を確認して、無念は勘定を払い、店の外に出た。

防火用水の桶の裏に身を隠し、弥平が居酒屋を出て来るとそのあとを尾行した。

弥平は川沿いの道を歩き、松井橋を渡って松井町一丁目の路地に入った。そして長屋の木戸をくぐる。

無念は木戸の梁《はり》に〈さかなや　やへい〉の名札を確認し、引き返した。

金魚とけいは本所で聞き込みをしている。走り回って見つからなかったら、薬楽堂へ戻って帰りを待とう。

そう考えて無念はまず松井町一丁目を歩いた。

金魚は見あたらず、松井橋を渡って二丁目を見て回り、林町一丁目に移った。

三丁目まで歩いたとき、後ろから声がした。

「無念。この辺りはあたしたちが回ったよ」

金魚であった。振り返るのが、いつもより一呼吸遅れた。

金魚と、手を繋いだけいがゆっくりとこちらに歩いて来た。仲のいい母娘《ははこ》に見えた。

「おう。探したぜ。ちょっと面白いことを嗅ぎつけた」

「聞いてやるから、団子を食おう」

けいが金魚の手を引っ張り、近くの茶店の毛氈《もうせん》を敷いた床几に腰かけた。小女に手招きをして団子を三皿注文する。

金魚と無念はけいを挟んで床几に座る。

「髪がちゃんとしているから、後ろから見たら無念かどうか判断に迷ったよ」

金魚がにやにやと言う。

「顔もつるんとしているから、正面から見ても判断に困る」けいは無念の顔を覗き込む。

「よく見ればいい男ぶりじゃないか」

「からかうんじゃねぇよ」無念は顔をしかめる。

「弥平っていう魚屋が、小坂の屋敷に行って金を強請り取った」

無念が言うと、金魚の眉がきゅっと寄った。

「確かかい？」

「強請ったってのはおれの憶測だが、弥平はすぐに賭場へ行って散財したようだった」

「解けたな」

けいが金魚を見上げてにっと笑った。

「解けたね――」金魚は無念に顔を向けて優しい笑みを浮かべた。

「でかしたね、無念」

「そ、そうなのか？　おれにはさっぱりだ」

無念は照れたように笑い、後ろ首を掻いた。

江戸から上方までありそうだった金魚との距離が、小田原辺りまで近づいたような気がした。

けいは小女が運んできた団子を頬張りながら、金魚を見る。

「分かったはいいが、結末をどうする?」

「さぁて。お灸を据えるのも気の毒な気がするね――。相手の出方しだいということにしようか」

金魚も団子を口に運んだ。

「ということは、小坂家に出向くか?」

けいは面白そうに言う。

「出向くって――。なにをするつもりでぇ?」

無念は茶を口に運ぶ手を止めた。

「全部知ってるよって言いに行くのさ」

金魚はけろっとした顔で言う。

「そりゃあ、危ねぇんじゃないのか?」

「だから、偉丈夫に用心棒をしてもらう」

金魚は無念の胸をぽんぽんと叩く。

「いや……、用心棒をしてやりてぇのはやまやまだが、おれは腕っ節はからっきしだぜ」

無念は眉を八の字にする。

「貫兵衛と又蔵もいるよ。三人並べれば、一番強そうに見えるのは無念。向こうにこっちの話を聞く気があるんなら、見てくれだけで充分。万が一の時は、貫兵衛と又蔵が前に出る」

「それならいいが……」

無念はまだ不安げな顔である。

「ともかく、みんなを集めて手筈を伝えるから、無念、又蔵に話をしてきておくれ」

「見張りをやめて、薬楽堂に集まるんだな」無念は床几を立つ。

「これ、もらうぞ」

けいが無念の残した団子一串に手を伸ばした。

「次に団子を食う時にゃあ、お前ぇの皿から一本頂くぜ」

無念は振り返って言う。

「やれるものならやってみろ」

けいは舌を出した。

「かわいげのない」

無念は舌打ちする。

「お前はかわいげたっぷりだぞ」

けいは団子にかぶりついた。

「おきやがれ！」

無念は走り出した。

八

江戸市中に散っていた薬楽堂の面々は、日暮れ近くに揃った。

離れには金魚、無念、真葛、けい、長右衛門が集まり、少し遅れて貫兵衛と又蔵が濡れ縁に座った。

金魚が一同を見回し、「さて——」と言った時、清之助が申しわけなさそうに通り土間から顔を出し、金魚を見ながら言う。

「あの——、お客さまでございますが、どうしましょう」

金魚はにやっと笑って、

「通してもいいよ」

と言った。

「誰か来ることになってたのか？」

長右衛門が訊いた。

「いや——。けれど、見当はつく。これから重要な話をしようってのに、清之助は話の腰を折った。つまりは、この話に関わりのある者が現れたということさ」

「小坂家の誰かか？」

無念が訊いた。

「それならば、清之助は名を言うさ。言わなかったのは客に止められたから。こっちが、誰が来たのか推当てるのを試してるんだよ」

「いい読みだな」

けいが肯く。

「いかにも――。だが、入れてもよいのか？」

真葛が訊いた。

「客は通り土間でこちらの様子を見ているようだぞ」

気配を感じ取ったのだろう、貫兵衛が言った。

「入って来な、懐土堂粋山」

金魚が言った。

「懐土堂だってぇ！」

無念は首を伸ばし、通り土間の出口を見た。

にやにや笑いを浮かべながら、粋山が姿を現す。

「ここに様子を見に来たら、なにやら慌ただしくご一同が集まって来はった。これは、なにか大きな手掛かりが見つかったなと、覗きに来たんや。謎は解けたんか？」

「他人《ひと》を頼らず、自分で解きゃあいいだろう」

無念が言った。

「誰かが解いた謎を、もう一度解くっていうのは、二度手間やろ」

粋山はけろっとした顔で答える。

「面倒くさがるんじゃねぇよ」

無念は顔をしかめる。

「締められるんなら、他人の褌《ふんどし》でも締める。相撲が取れるんならそれでええ」

「こっちの褌で相撲をとられるのは迷惑だね」

金魚は笑った。

「塾で使う時には、ちゃんと鉢野金魚と薬楽堂の面々が解いた謎やがと前置きするわ」

「このねたも戯作にするから、本が出る前に言いふらされちゃ、商売の邪魔だね」

「それなら、本が出るまでは、塾では扱わへん」

「ちゃんと約束を守ってくれるんなら、謎解きを見せてやるよ」

「本当にいいのか？」

無念は顔をしかめながら金魚と粋山を交互に見た。

「いいさ。懐土堂に教えておかなきゃならないこともあるしね」

「ありがたい」

粋山は濡れ縁の端っこに座り、『どうぞ始めてください』とばかりに、金魚を手で促した。

「さて、仕切り直しだよ」金魚は言って、一同を見回す。

「推当が立ったのは、無念が聞きつけてきた『弥平という男が小坂家を強請っているようだ』という手掛かりがきっかけだった」

金魚は意味ありげに微笑むと、粋山に顔を向ける。

「小坂、永田、川上は、鉄砲でやられたんだよ」

粋山ははっとした顔をしたが、無念は眉をひそめる。

「鉄砲でやられたって話はどこから出てきたんでぇ？」

「もしかして、その弥平って男は魚屋なんとちゃうか？」

粋山の言葉を聞き、真葛が「そういうことか」と肯いた。

「この中で」けいが言う。

「まだ謎が解けていないのは祖父《じじ》さまと無念と貫兵衛、又蔵。悔しくないか？」

「悔しくなんかねぇよ」長右衛門が言う。

「もったいつけてねぇでさっさと謎解きをしな」

「小坂たちが開いた宴の肴は、弥平が用意をした」金魚が言う。

「それはおそらく、鉄砲と呼ばれる魚だった」

「なるほど」貫兵衛が言う。

「河豚《ふぐ》か。それならば、辻褄が合うな」

河豚も鉄砲も『滅多に当たらないが、当たれば死ぬ』ということで、鉄砲は河豚の隠語となっている。

「どういうこってぇ？」無念が悔しそうに言う。
「小坂たちは河豚に当たって死んだっていうのか？　それがなぜ強請りのねたにな
る？」
「文禄、慶長の頃、豊臣秀吉公は朝鮮に出兵をした」真葛が言う。
「武士《もののふ》らは鎮西（九州）に集まった。その時、近くの海で獲れた魚を食し、大勢の者
が死んだ。その魚が河豚であった。戦で死ぬのではなく、魚を食って死ぬのは不届き
と、秀吉公は河豚を食すのを禁じた。以後、今に至るまで河豚を食すのはまかりなら
んということになっている」
「ばかを言うねぇ。冬になればあちこちで食えるぜ」
「庶民はな」貫兵衛が言う。
「武家は厳しく禁じられているんだよ。命は主君のためにかけるもの。命がけで魚を
食うのはけしからんってことさ。尾張や長州じゃ家名断絶なんて処分もあるらしい」
「河豚を食って死ぬのは、武家にとって恥だってわけか」無念は肯いた。
「それをねたに、弥平は小坂家を強請ったんだな。だけど、禁じられてるってのに、
なぜ小坂たちは河豚を食ったんだ？」
「岡場所ってのは、幕府が認めていない色街。だけど助平な男が押し掛けるだろ」金
魚はくすくす笑う。
「禁じられているからやってみたいって奴もいるよ」

「物之本《もののほん》によれば、河豚の体すべてに毒があるというわけではない」けいが口を挟む。「毒のある部分を食すと、小半刻ほどで口や舌が痺れ始める。二刻《ふたとき》（約四時間）ほどかけて、しだいに意識がおかしくなり、体も痺れ始める。そして息ができなくなって死に至る」

「小坂家、永田家では代々、仮葬して何年か後に骨を掘り出して洗骨し、墓所に納めるって話だったけど、それは眉唾だね」

金魚が言った。

「もしかすると――」真葛が話を引き継ぐ。「わざと墓所ではないところに埋めたのかもしれぬ」

「あっ」と、無念が言った。

「河豚毒は、土や砂に首まで埋めて抜くって話を聞いたことがある」

「そう」とけいは肯く。

「若い僧は知らなかったのか、あるいは、なにかあったら嘘をつくようにと住職に言い含められていたのか――。蘇りの噂が出たから、世間には仮葬の話を言いふらしたってことも考えられる」

「生き返ったはいいが、正気には戻らなかったってことやな」

粋山が肯いた。

「御公儀には死亡の届けを出していたんだから、本当に仮葬のしきたりがあったのかもしれないけどね」金魚が言う。

「まぁ、河豚に当たって一度は死に、生き返った。しかし、生き返ったはいいが、正気に戻らない。それをどう御公儀に報告するか――。報告するにしても河豚を食ったことが御公儀にばれるとまずい。家に連れ帰ってどうしようかと迷っているうちに、七郎兵衛はふらふらと外に出てしまった」

「永田家も同じようなものか」

無念が言った。

「川上祐太朗の方は死なずにすんだってことは、三人が腹に入れた河豚毒は人を殺すほど強くはなかったってこってすかねぇ」

又蔵が言う。

「おそらくね――。医者は見立て違いが世間に知れるのはまずいし、河豚を食ったことを知っていながら、御公儀に知らせなかったこともまずい。寺も、河豚毒で死んだ旗本に関わったことがばれるとどんなお咎めがあるか分からない。みんな手を組んでなかったことにしようとしたんだよ」

金魚は煙管に煙草を詰めた。

「小坂七郎兵衛が外をふらつき、永田六之助が夜になると吠えなけりゃあ、騒ぎにならずにすんだろうに」

無念が言う。

「闇に葬ってしまわなかったのは、まぁ褒めてやろうか」

長右衛門が真剣な顔をする。

「どういう意味だ？」

無念が訊いた。

「家名を汚すということで――」真葛が言う。

「密かに殺してしまわなかったのは褒めてやろうということだろう」

「ああ……。そうするのが手っ取り早かったろうからな」

「弥平の件がこじれれば、そういうことになりかねない」金魚は煙草盆の火入れで煙管に火を点ける。

「せっかく人死にが出ずにすんだんだから、丸く収めてやりたいねぇ」

「ほぉ。御公儀に告げ口はせぬか」真葛は驚いたような顔をする。

「下手をするとお前も巻き添えを食うぞ」

「薬楽堂の面々もね――。それで、まずはみんなに相談しなきゃと思ってさ」そこで金魚は粋山を見る。

「あんたも一蓮托生《いちれんたくしょう》だよ」

「なるほど、そういうことでわたしを呼び込んだわけや」

「いずれあんたも真相を探り当てただろうからね。外に置くより、引きずり込んだ方が口止めできる」

「狡《ずる》い女やなぁ」粋山は笑った。

「分かった。お前たちがやることを見届け、あとは口をつぐんどくわ。好きなようにやればええ」

「この件でこっちに引き込んだからって、あんたを仲間にしたわけじゃないからね」

金魚は煙を吐き出す。

「あたしが筋道の通った推当ができるのは、薬楽堂の面々が、しっかりと調べをしてくれるからさ。一人で机の前で唸っていたって、ちゃんとした推当なんかできない。あんたもあたしの向こうを張りたいんなら、頼りになる仲間をもつことだね。薬楽堂の面々とは、何度も危ない橋を渡ってる。強い絆で繋がった仲間なんだ。こいつらがいるから、厄介な謎も解ける。謎解きをして名を上げ、塾生を集めたいんなら、一からこつこつとやんな。付け焼き刃で誰かを引き込もうなんて考えないこった」

「分かったよ」粋山は肩をすくめる。

「そのうち、謎解きなら粋山。懐土堂の塾生は頭が切れて使い物になるって評判になってみせる――。で、次はどう動くんや？」

「小坂の屋敷に行く」

金魚はさらりと言う。

「危ねぇことはやめようぜ」

無念は首を振った。

「本所の茶店でも言ったろう。お前と貫兵衛、又蔵がついていれば大丈夫だよ」

「物騒なことになりそうなのか？」

貫兵衛は訊く。恐れているような様子はまるでない。

「いや。たぶんそういうことにはならないと思うけど、相手がどういう連中なのか分からないからね。こちらにも腕に覚えがある者がいるということを知らせておくのさ。相手は、乱暴な手を使えば騒ぎが大きくなると考え、話を聞く気にもなる」

「すぐ行くか？　明日にするか？」

無念が訊いた。

「夜ってのは、人の心に魔を呼ぶからね。今から行ったら、夜陰《やいん》に乗じて殺してしまえって気にさせてしまうかもしれない。明るくなってから行って、明日の内に事を収めてしまおう」

「わたしもついて行ってええか？」粋山が訊く。

「後学のために旗本相手にどういう駆け引きをするのか見ておきたい」

「見るのはいいが邪魔をするんじゃないよ」言って、金魚は一同を見回す。

「それじゃあ、無念と貫兵衛、又蔵は明日の明け六ツ（午前六時頃）にあたしん家《ち》に来とくれ。懐土堂はここで無念たちと落ち合うのもよし、先に小坂の屋敷の近くで待っているもよし。ほかのみんなは、ここで待機してもらおうか」

九

朝の光を浴びて、金魚は小坂家の門の前に立った。後ろには無念、貫兵衛、又蔵が控えている。すぐ近くの築地塀の陰には粋山が立っていた。

「お頼み申します」

凛とした金魚の声が響く。

すぐに小者の老爺が現れて、

「ご用件は？」

と訊いた。

「あたしは通油町の草紙屋、薬楽堂から本を出している戯作者の鉢野金魚と申す者でございます。小坂七郎兵衛さまの件でお話がございます。どなたかにお取次ぎを」

金魚が言うと、老爺の表情が強張り、「少々お待ちを」と言って母屋の方へ走って行った。

すぐに若い侍が険しい顔で出て来て、

「どのような話だ？」

と訊いた。視線を金魚の後ろの男たちに油断なく巡らせる。

「魚屋の弥平にお困りだと思いまして、お手伝いをいたしたくまかり越しました」

「なぜ弥平のことを知っている？」

侍は眉根を寄せて小声で訊いた。

「弥平のことばかりではございません」そこで金魚は声をひそめる。

「鉄砲のことも」

「なに……」侍の眉間に深い皺が刻まれた。

「立ち話でははばかりがある。中へ」

「そういうわけには参りません。中に入ったんじゃなにが起きるかわかりませんからねぇ」

金魚が言うと、無念たち三人が厳めしい顔でずいっと前に出た。

「昼過ぎに、薬楽堂をお訪ねくださいませ。全てを丸く収める方策がございます。そうでございますねぇ、いらっしゃるのは二人まで。何か仕掛けようとしたら、穏便にすますことができなくなることをお忘れなく」

金魚はくるっと踵を返し、歩き出す。

無念たちはしばらく若い侍と対峙していたが、金魚がほど良く離れたのを見計らい、後ずさりながら門の前を去った。

林町四丁目まで歩いたところで、粋山が合流した。

「なるほど、こういう時には思わせぶりに言うのがええんやな」

粋山は感心したように腕組みしながら首を振った。

「相手を見て、色々と手は替えるよ――」金魚はちらりと粋山を振り返る。

「あんた、元はお侍だろ」

粋山ははっとしたように金魚を見る。

「なんで分かった？」

「言葉や動きの端々に、偉そうな雰囲気が滲み出てるもの」

「体さばきで剣術の手練れだと見抜いたとかではないんやな……」

粋山はがっかりした顔をする。

「そういう気配は微塵も見えなかった」

貫兵衛が言う。

粋山はさらに気落ちした顔になり、

「五男坊の冷や飯食いやった。色々あったが円満に家を出て、江戸に出て来たんや」

と溜息をついた。

「聞き込みをしたり、駆け引きをしたりする時には、下手《したて》に出なけりゃならないこともあるからね。手練手管を学ぶんだね」

「お前ぇが下手に出るところなんか滅多に見たことはねぇがな」

無念は恐る恐るという様子で憎まれ口を叩く。

「それはお前がちゃんとあたしを見てないからだよ。戯作者なんだから、もっと人を見る目を養うんだね」

金魚は別の意味も含めて答える。

無念はそれを感じ取ったのかどうか「精進します」と言ってしょげた顔をした。


昼、薬楽堂は店の蔀《しとみ》は閉じて、竹吉と松吉が外に立っていた。

近隣の店の者や常連客が「今日は休みかい？」と小僧の二人に訊いたが、竹吉、松吉は引きつった愛想笑いを浮かべて、

「お旗本がお出《い》でになるので」

と答えた。

離れには、金魚と貫兵衛、又蔵の三人が座っていた。無念と長右衛門、薬楽堂の主の短右衛門、清之助、粋山は襷《たすき》掛けをして木刀を手に、中庭に控えている。濡れ縁にはけいがちょこなんと座っていた。全員の緊張のために、空気がぴんと張りつめている。

塗りの菅笠《すげがさ》をかぶった、身なりのいい侍が一人、道の角を曲がって現れた。

竹吉と松吉はぴんと背筋を伸ばして、直立不動の姿勢になる。

侍はゆっくりと二人の小僧に歩み寄って、低い声で言った。

「小坂の者だ」

「お一人でございますか？」

「少ない方がお前たちも安心であろう」

「ご配慮、痛み入ります」松吉が蔀の潜り戸を開ける。

「どうぞ、お入りを」

「案内《あない》を頼む」

「いえ」竹吉が首を振る。

「万が一にも人質にならぬようにと、金魚さんに言われているので、お一人でお入りくださいませ。通り土間を真っ直ぐ進めば中庭でございます。離れに金魚さんはおります」

「そうか。用心深いな」

侍は潜り戸に身を滑り込ませた。

竹吉と松吉は大きく溜息をついて、そのまま立ち番を続けた。


中庭に侍が現れると、緊張は極限まで高まった。

侍は通り土間の出口で一度立ち止まり、中庭に立つ者たちの位置を確認するように首を一巡りさせ、離れに歩み寄った。

沓脱石の前で立ち止まり、菅笠を取った。

若く引き締まった顔が現れた。

「小坂小太郎だ」

「七郎兵衛さまの跡を継がれる方でございますか」

金魚は座敷に座ったまま言った。

「そうだ。入ってもよいか？」

「どうぞ、お上がりくださいませ」

金魚に言われ、小太郎は沓脱石に草履を脱ぎ、濡れ縁に立つ。そしてけいに目を向けた。

「刀も預けた方がよいか？」

「なかなか物わかりがよいではないか」

けいはにっと笑って、膝で小太郎に近づき、大刀を受け取った。

小太郎は座敷に入って金魚と向き合って座った。

金魚と貫兵衛、又蔵が慇懃《いんぎん》に頭を下げる。

小太郎は軽く会釈した。

「丸く収められると聞き、訪ねてきた。弥平の強請りは一度ではすまぬであろうからな」

「ただでお助けするのではございません」

「であろうな」小太郎は唇を歪めて笑う。

「弥平と同じ穴の狢《むじな》であったか」

「いえいえ。勘違いなさらないでくださいまし。金品を強請り取ろうとは思っておりません。こちらの条件は、小坂家、永田家、川上家にご迷惑にならないようにしますので、戯作を書かせて欲しいということだけでございます」

「戯作を――?」

「はい。お名前も、お住まいもまったく変えて書きますから、ご三家の出来事と知れることはありません」

「なるほど。其方《そち》のことは少し調べた。書く戯作は実際にあったことを素材にしているのか」

「左様で」

「題はなんとするつもりだ?」

小太郎は興味をひかれたように訊いた。

「本所深川反魂の宴」

「深川は関係なかろう」

「本所反魂の宴では語呂が悪うございます。まぁ戯作は作り話でございますから、深川も出して整えます。本当の地名を出すのが不都合と仰せなら、全く違う地名にいたしますが」

「構わぬ――。分かった。条件を飲もう」

「七郎兵衛さまのご処遇はどうなさるおつもりで?」

庭から無念が訊いた。

「弥平の件が丸く収まらなければ、すぐにでも手を下さなければならぬと思っておったが──。上手くいったならば、今しばらく父上と暮らすことができよう」

「二度目の天寿をまっとうするまでということで？」

「そういうことだ」

「それならば」金魚が言った。

「こちらもお手伝いのしがいがございます」

「で、どうやる？」

「弥平と談判いたします」

「話し合いでなんとかなる手合ではなかろう」

「考えがございますので、こちらにお任せを。永田家、川上家の皆さまにもよろしくお伝えください」

金魚はにっこりと笑う。

十

弥平は仕事を終えて朝食を食い、長屋の部屋でごろ寝をしていた。

眠りが浅くなり寝返りを打った時、目の前に縞模様が見えた。子持ち縞の着物を着た者が目の前に正座している。

驚いた弥平は飛び起きた。

大声を出そうとする弥平に、若い女が唇の前に指を立ててにっこりと笑う。後ろに四人の男が座っている。

金魚と無念、貫兵衛、又蔵、粋山であったが、弥平は知らない。

「誰でぇ？」

弥平は小声で訊いた。

「誰であるかはおいおいに——。小坂さまのことで話しに来たんだよ」

弥平は小坂の名を聞き、警戒した。

「なんの話でぇ……」

「あんた、小坂さまを強請っているだろう」

「知らねぇな……」

「その強請り、あたしが引き受けたから、あんたはもう手を引きな」

「訳の分からねぇことを……」

「強請りなんてのはね。素人が手を出すもんじゃないんだよ。金を取っているうちに調子に乗って額がでかくなったり、頻度があがったりして、ついには相手に訴えられるか殺されるのがおちなのさ」

「おれは強請りなんかしてねぇよ」

「しらばっくれるんじゃないよ」

金魚はどすの利いた声で言う。

弥平は座ったまま後ずさる。狭い部屋だから壁に背が当たった。

「いいかい、耳の穴かっぽじって、よーく聞きな。あたしは関八州で強請りの元締をしている稲妻《いなづま》お仙《せん》ってもんさ。強請りってぇのは細く長いおつき合いをするんだ。相手が無理なく出せる金額をずっと頂戴する。無理なく出せるから、お恐れながらと訴えることもしない。けれど、金額が少ないから数をこなさなきゃならない。片手間にできるもんじゃないんだよ――。ここまでは分かったかい?」

お仙を名乗る金魚の言葉に、弥平はがくがくと肯いた。

「あたしたちは小坂さまのねたを摑んでね。談判に行ったら、すでにあんたが強請ってるっていうじゃないか。それで、法外な金額を求めることはしないから、あたしらに譲って欲しいともちかけたわけさ――。妙な取引だろ。だけど、これが効くんだ。素人に無理難題をふっかけられるよりはと、すんなり譲ってくれるよ」

金魚は言葉を切ってじっと弥平を見つめる。

弥平は金魚の話を信じて、怯えきっているように見えた。

「あとはあんたが納得してくれれば、商談は成立だよ――。納得しなければどうなるかを知っておきたいかい?」

金魚が言うと、弥平は後ろの無念たちをちらりと見た。

無念たちは凄みのある笑みを浮かべてみせた。

弥平は金魚に視線を戻し、無言でぶるぶると首を横に振った。

「それじゃあ、納得してくれるね？」

「納得した。もう、小坂さまの御屋敷には近づかねぇよ」

「いや。今までどおり、魚を売りに行くんだよ。やましいことは考えておりませんという証にね。お前が姿を見せなくなれば、陰でなにをやっているかと小坂さまも不安になるだろうからね。お前が小坂さまのところに顔を出さなくなったら、知らせてもらうことになってる。お前が誰かに喋った証と考え、こいつらが訪ねて来るからね」

金魚は親指で後ろの男たちを指した。

「どこに隠れても見つけ出すよ」

「分かった……。言われたとおりにする」

弥平は肩を落とす。

「それから、あたしらのことは他言するんじゃないよ。今まで噂にものぼったことがないから、商売ができているんだ」

「誰にも言わねぇよ」

「まぁ、まっとうに稼ぐんだね。博打もほどほどにしてさ」

金魚は立ち上がる。

「博打のことまで……」

弥平は唇をわななかせた。

「あたしらは相手の弱みを徹底的に調べるんだよ。あんたを強請れるねたはそうさねぇ、七つ、八つはあるよ。まぁ小銭を稼いでも仕方がないからやらないけどね」

弥平は両手を突いて頭を下げ、すっかり観念したように、

「恐れ入りやした」

と言った。


「みごとなもんや」粋山は長屋の木戸を出ると溜息交じりに言った。

「あんたはたいした嘘つきやな」

「あら」

金魚は立ち止まらずに粋山を振り返る。

無念は横目で粋山を見た。粋山の口調が今までと異なっていたからだった。

粋山の目はきらきらと輝いていた。

「戯作者なんて根っからの嘘つきなんだよ。無かったことを、まるであったように書くんだからさ」

金魚は言うと、前を向いた。

粋山はその後ろ姿を見つめている。

こいつは――。
惚れた女を見る目だぜ――。
無念の心に強い焦りの気持ちが湧き上がった時、粋山が言った。
「金魚はん。弟子にしてくれへんかな」
断れ――!
無念は念じた。
金魚は再び振り返る。
その目がちらりとこちらを見た気がした。
「あたしは弟子はとらないよ」
金魚は素っ気なく言う。
無念の体から力が抜けて、膝が崩れそうになった。
金魚の足が少し速くなったように思えた。
「なんや、つれない返事やなぁ」
粋山は後ろ首を掻く。
無念の焦りが再燃する。
おれならしょげかえっている場面に、こいつは蛙の面《つら》に小便《しょんべん》――。
機会があればまた弟子にしてくれと言うつもりだ――。
無念は小走りに金魚に並ぶ。

「金魚。粋山はまだ諦めてねぇぜ。ああいう手合は――」

「あら」金魚は間近から無念の顔を見上げてにっこりと微笑《わら》った。

「妬《や》いてくれてるのかい？」

無念の顔が真っ赤になった。

「そ、そんなんじゃねぇよ」

「嬉しいよ」

金魚は体を寄せて小声で言った。

無念の顔はますます赤くなったが、でれっとにやけた。

なんと返していいのか思いつかず、無念は急ぎ足で金魚から離れた。

「戯作者のくせに気の利いた一言も言えないのかい」

金魚は苦笑しながら無念の背中に首を振った。

本草学者　未練の訪れ

一

神田連雀町の書林《しょりん》、三河堂《みかわどう》に、懐土堂《かいどどう》 粋山《すいざん》の姿があった。書林とは、学問書など硬い本を扱う本屋である。

店の隣にある座敷で、粋山は主《あるじ》の嘉右衛門《かえもん》と向き合っている。嘉右衛門は仕立てのいい小紋の着物を着た、四十絡《しじゅうがら》みの細面である。

娘の篠《しの》が茶を運んで来た。篠が去るのを待って、嘉右衛門は口を開いた。

「お作、読ませていただきました」

嘉右衛門は風呂敷包みを粋山の前に置いた。

「えらい早いやおまへんか」

粋山は風呂敷包みを見、次いで嘉右衛門の顔を下から覗き見るようにして訊く。

「で、どないです？」

「町版《まちはん》では出し辛《づろ》うございます」

「町版っちゅうのはなんです？　本屋のことには暗《くろ》うございますさかい、分かりやすうお願いしますわ」

「町版とは、本屋が作って売る本のことです」

「つまり、これでは売れへんいうことですか？」

粋山は肩を落として言う。

「残念ながら。儲けが望めない本は出せません。もっとも、塾生に配る本を作りたいと仰せられるのであれば、お手伝いはできます。うちでは高すぎましょうから、安価で彫り、摺り、造本をしてくれる者をご紹介することもできます」

　この時代、私刻本――、私家版の本が多く出版されていた。正式な本屋たちはそういう本を〈素人蔵板《しろうとぞうはん》〉と呼んだ。

「うーむ。売れまへんか」粋山は腕組みをした。

「怪異には必ず理由があると分かれば、ずっと生きやすうなるはずですねん」

「それはどうでしょう」嘉右衛門は微笑《ほほえ》む。

「江戸っ子には、無粋なことをするんじゃねぇと怒る者も多ございましょう。蒸し暑い夜に縁台に座って、団扇《うちわ》を忙しなく動かしながら聴く怪談噺が大好きでございますし、遠い故郷の親が死んだ夜に、腰高障子がほとほとと叩かれたという話に涙いたします。それが、ぜんぶ幻、勘違いと言われれば、艶消しでございますから」

「せやけど、そういうことを信じ込んどるから、胡散臭い拝み屋に騙《だま》くらかされることもあるし、夜道が怖ぁて出かけられへんいうこともあるわけでっしゃろ」

「江戸っ子ばかりではありません。人は怪異はないという話よりも、柳の下に立つ、美人の幽霊の話の方を好むのでございます」

「しかし、鉢野金魚《はちのきんとと》の読本《よみほん》は売れとるやないですか」

「あれは読本だからでございますよ」嘉右衛門は首を振った。

「うちで出すのであれば、粋山先生のお考えだけを書いたものではいけません。自分の考えは正しいという主張ばかりでは、読み手は納得しません。古典とか蘭学の書物から例を引いてきて論じるとか、根拠を示して欲しゅうございます。古《いにしえ》の人も、外《と》つ国の人も同じことを言っていると訴えれば、読み手もなるほどと思います」

「はぁ……」

「そうだ」嘉右衛門はぽんと手を打った。

「先生の名前が世に知れてからならば、興味をもって手に取ってくださる方も増えましょう」

「どういうことです？」

「上手くすれば、鉢野金魚よりも有名になるかもしれませんよ。そうなれば、塾生もどんどん集まる」

「詳しく話しておくんなはれ」

粋山は膝を乗り出す。

「先生が怪異を解決するんでございます。それを読売《よみうり》で世に知らしめる。一回だけでなく、何度か繰り返せば、読み手も早く次を読みたくなりますし、弟子にしてくれという者も現れます。人気が高まったところで、満を持してお作を世に出す」

「なるほど、なるほど。せやけど、その怪異はどこにおます？」

「うちにあります」

「え？」

嘉右衛門は粋山を見つめ、ゆっくりと話し始めた。

「古くからお付き合いのある本草学者の村木《むらき》宗庵《そうあん》さまというお方が御座《おわ》しました――」

三河堂と村木家との付き合いは、宗庵の祖父の代から始まった。村木家は大身の旗本であった。宗庵の祖父、父は学問好きで、月に一、二度、三河堂から書籍を買い求めていた。

宗庵は三男。家を継ぐわけではない気楽さから本草学にのめり込んでいき、高名な学者に弟子入りして〝宗庵〟の名を受けた。

十年ほど本草学に熱中していたが、大病を患った。医者も手の施しようがなく、床に伏して一月《ひとつき》経たずに没した。まだ二十五歳であった。今年の晩夏のことである。

居室には本草学と関連する幅広い分野の書籍が大量に残された。

村木家の人々は、その本を見ていると熱心に勉強していた宗庵を思い出して胸が苦しくなるということで、売値は幾らでもいいから、役立ててくれそうな人に売ってくれと、蔵書を三河堂に預けた。

お得意さまの頼みであるから、嘉右衛門は二つ返事で引き受けた。二つある蔵のうち、一つを整理して二階の半分に宗庵の蔵書を収めた。

その日の夕刻――。

三河堂の娘の篠が中庭に面した縁側の雨戸を閉めていると、紫色に暮れた空の下、視野の隅に人影を捉えてそちらに顔を向けた。

中庭の奥には二つ並んだ蔵がある。

左側の蔵の前に白っぽい着物を着た男が立っていた。じっと蔵を見つめて身じろぎもしない。父や兄ではない。使用人でもない。

お客さまだろうか――。

中庭や店に繋がる通り土間に番頭や手代の姿はない。客が一人で中庭に入ることはなかった。

では、誰――。

正体が分からない人物に声をかけるのも恐ろしく思え、篠はその男の後ろ姿をじっと見つめた。

見覚えがあるような気がしてきた。

そしてはっと思い当たった。

その途端、篠の背筋にぞっと冷たいものが走った。

宗庵によく似ていた。

着物も、夏に店を訪れた時に着ていたものに似たようなものがあった気がした。生《き》成《なり》の麻で、細い藍の縞が入っている――。

どうしよう。宗庵さまの幽霊なら、怖いことはなさらないだろうけれど、別人の幽霊だったら――。

そのまま逃げようかとも思った。

けれど、蔵の前に立つ者の姿は寂しげで、蔵に収めた物に未練があるかのように見えた。

ならば、宗庵に違いない。もし宗庵ならば、話を聞いてやりたいと思った。

まず確かめなければ。声をかけて振り返った顔が宗庵さまならば、話を聞いてあげよう――。

もし、別人であったなら、大声を上げて逃げればいい。そう決心して、篠は口を開いた。

「宗庵さまでございますか？」

声が掠《かす》れた。

蔵の前の男はゆっくりと振り返った。

その顔は確かに宗庵であった。

「宗庵さま、わたくしどもが預かりましたご本にお心を残しておいでですか？」

篠がそう問うと、宗庵は肯き、ゆっくりと消えていった。

「――娘はその日、震えながらそう話しましたが、わたしは気の迷いだと否定しました」

嘉右衛門は言った。

粋山は唇を歪めながら、幽霊などいないと言おうとしたが、嘉右衛門はそれを手で制した。

「お待ちください。話はまだ続きます」


篠は「宗庵さまは、ご本に未練がおありのようですから、売ってしまうのはしばらく控えた方がようございます。祟《たた》りがあるやもしれません」と嘉右衛門に語った。

「うーむ」

嘉右衛門は唸った。篠は嘘をつくような娘ではない。しかし、幽霊という存在については、半信半疑である。

もしかすると、盗賊かなにかであったかもしれない。宗庵さまが死んで間もないから、中庭に忍び込んだ何者かを幽霊と思い込んだのかもしれない。

「分かった。しばらくは売らないようにしよう。お前、雨戸を閉めるのは女中に任せて、中庭には近づかないようにしなさい」

と嘉右衛門は言った。

篠は「はい」と素直に応じた。

それから五日ほど後、秋晴れの日が続いたので、書籍の虫干しをすることにした。

手代や小僧が右側の蔵から行い、三日後に左の蔵に移った。

この日篠は、女中二人と一緒に二階の本を外に運び出した。

嘉右衛門は、蔵から出されて中庭の台の上に置かれた書籍をぺらぺらと捲《めく》りながら虫食いなどを確かめる。

嘉右衛門が左の蔵の二階から出した本の前に立った時である。一冊の本に目が行った。

宗庵の蔵書である。本草学の本の中に一冊、表紙になにも書かれていない本があった。

「宗庵さまの本、目録を作らねばならないな」

嘉右衛門は言いながら書名のない本を手に取った。折り目がついた表紙の、よく触れる部分は紙が少し毛羽立っていた。

本を開いた嘉右衛門の眉間に皺が寄る。慌ただしく紙を捲る。

「なんだ、これは……」

どこを開いても白紙であった。

嘉右衛門は表紙を見る。使い込んだ様子であるのに、中の紙には一文字も書き込まれていない。

「どうしたんです？」

篠が近づいて来た。

「宗庵さまの蔵書なんだがなにも書かれていない。糸の綴り方を見ると、どうも素人の手だ」

「留書帖《とめがきちょう》ではないのですか？　お使いになる前にお亡くなりになったんですね」

篠は途中から涙声になった。

「いや。どうも違うようだ。表紙を見ると、使い込まれた様子なのだが――。中の紙は真っ白なんだ」

嘉右衛門は篠に本を捲ってみせた。

「まぁ――」

そして唇を噛み、恐る恐るといったふうに話し始める。

「実は、先ほど蔵の中で人影を見たのです」

「蔵の中で人影だって？」

「はい。お父さまから気の迷いだと言われたので、今回もそうかと思い、目を逸《そ》らしていたらいなくなりましたけれど――」

「二階か？」

「はい」

「宗庵さまの蔵書の前で？」

「左様でございます。その時、蔵の中にはわたしとおすず、おかんだけしかおりませんでした」

「どっちだ？」

「と仰せられますと？」

篠は眉をひそめて小首を傾げた。

「生身の人影か、それとも――」

「分かりません。白い姿をちらっと見ただけでございますから」

「では、誰かが本を盗みに入ったのかもしれないということか」

「でも、中庭にはうちの者しかおりません。外から入るのならば、裏木戸か通り土間を通らなければなりません。中庭には手代や小僧がうろうろしておりますから、見つかる危険を冒《おか》してまで盗みに入ろうとはしないのではありませんか？」

「だったら、このたびも幽霊を見たというのか」

嘉右衛門の口調が厳しくなる。

「ですから、はっきりとは分からないと――」

篠は怯えたように言った。

二人が言い争いをしているように見えたのだろう。女中のすずとかんが蔵の方から小走りに近づいた。

「いかがなさいました?」

すずが心配そうに訊く。

「篠は蔵の中で人影を見たと言っているが、お前たちはどうです?」

すずとかんは顔を見合わせた。そしてすずが、

「篠さまが怖がると思って申し上げませんでしたが、本棚の陰にちらっと——。白っぽい着物の男の方でございました」

「わたしも——」かんが言う。

「はっきりとは見えませんでしたが、棚の隙間から白っぽい着物が向こう側を通り過ぎるのを見ました」

「ううむ……」

嘉右衛門は腕組みをした。

「もしあの人影が宗庵さまの幽霊であったとしたら——、もしかするとなにかの術で本の文字を消してしまったのかもしれません」

篠が言う。

「何のために?」

「読まれたくないものが書かれていたとか」

「もしそうならば、寺に相談してお焚上《たきあげ》をしてもらおう」

嘉右衛門は鳥肌の立った頬を擦《こす》った。そういう術が使えるほどの力をもった幽霊であるとすれば、祟りの力も強かろうと思ったのである。

「いいえ。それはいけません」篠は首を振る。

「宗庵さまは学者さま。なにか大きなことを見つけて、それを記《しる》したのだけれど、今は人目に触れるのはまずいと思われたのかもしれません。だとすれば時が来れば、文字が戻るやもしれません」

「それに」すずが言う。

「文字を消せるほどの力をおもちならば、火を点《つ》けて燃やすなり、消し去るなり、おできになろうと思います。文字だけを消したのは、本そのものは残しておきたいというお考えなのではないかと」

かんは肯いて付け足した。

「だとすれば、お焚上してしまうのは、宗庵さまの思いに逆らうことになるのではないでしょうか」

「うむ……」

本当に宗庵さまの幽霊が現れるのであれば、どうするのが一番か――。

村木家にお知らせするか？

いやいや。言いがかりをつけるのかとお叱りを受けるかもしれない。

では、市子《いちこ》（いたこ）でも呼んで、宗庵さまの思いを語ってもらうのがいいか？

市子が本当に霊を降ろして口寄せをするものかどうか怪しい。口から出任せを言ってもこちらには分からない。

しばらく様子をみるのが一番か。できればこの目で宗庵さまの幽霊を確かめてみたい。


「──ということなのでございます」嘉右衛門はじっと粋山を見つめる。

「さぁ、どう解きます？」

「急《せ》かしなさんな」

粋山は内心慌てたが、そういう素振りを見せずに言った。

「話だけやと、分かりまへんがな」

言いながら、粋山は急いで考えを巡らせる。

「人の目撃談など信用できまへん。幽霊の正体見たり枯れ尾花の例もあります。心のもちようで、色々な見間違えがあり得ますよって──」

さて、どう解くか──。

実のところ、今までは酒飲み話で出た知り合いの怪談を、理路整然とこき下ろすことはしてきたが、実際に起こった怪異の謎解きをするのは初めての体験であった。

話の中に出てきたものの中で、実際にこの目で確かめられるものを手掛かりに解いていくしかないな――。

　とすれば、左側の蔵という場所と、文字の書かれていない本か。

「蔵を見せてもらえまっか？」

「ようございますよ」

　嘉右衛門は粋山を促して立ち上がる。蔵の鍵を持って通り土間を抜けて中庭に入った。

　奥に蔵が二つ並んで建っている。

　粋山は周囲に視線を巡らせた。

　左手の奥の板塀に、潜り戸が見えた。

　粋山はそこへ走り寄り、子細に調べた。

　潜り戸の錠は取っ手を滑らせる簡単なものであった。外側から細い千枚通しのようなものを差し込み、錠の板を引っかけながら少しずつ動かすことはできそうだった。

　しかし、戸を開けて調べてみると、そういうことをした形跡はなかった。

　では、板塀を乗り越えることは――。

　粋山は飛び上がって塀の上部を摑み、体を持ち上げる。足で塀を蹴り下げなければ体を縁まで持ち上げることはできなかった。

　左右の塀の縁を見る。うっすらと土埃が溜まっていた。それが無いのは自分が手を掛けたところと、着物の腹で擦れたところだけであった。

粋山は塀から下りた。

自分が蹴ったところに、草履で擦れた跡がついていた。念のために裸足で上ってみたが、やはり塀を蹴り下げたところに跡がついた。

塀を乗り越えた者はいない――。

粋山は潜り戸から中庭に戻った。

蔵の扉を開けて待っていた嘉右衛門が「いかがでした？」と訊いた。

「誰も塀を乗り越えてはおりまへんな。っちゅうことは、もし篠はんが見た白っぽい着物の人物が生身の人やったとしたら、家の中の者っちゅうことになりますな」

「なるほど――。家の中で宗庵さまの蔵書や本草学に興味をもっている者でございますか」

「あるいは、本草学に興味をもっている者に頼まれた奴」

言って粋山は蔵の中に入った。

一階は棚の列が三つ、奥まで続いていた。棚には木箱や横積みの本が並んでいる。

粋山は列の間を歩く。

棚の一番奥は壁に押しつけられていて、裏に隠れ場所はない。くるりと向きを変えて出入り口の方を見ると、立っている嘉右衛門が見えた。どの列も同様だった。

「一階に隠れ場所はおまへんな」

「細かいところまで確かめるのですね」

嘉右衛門は感心したように言う。

「一つずつ潰していかへんと、真相には辿り着けまへんがな」

粋山は少しいい気になって、軽やかに二階への階段を駆け上る。

二階の構造も一階と似ていたが、棚と奥の壁の間に隙間があった。

「ふん——」粋山は腕組みして顎を撫でる。

「隠れる場所はあるか」

隙を見てこの蔵に入り込めば、二階の棚の陰に隠れられる。中庭には手代や小僧の目があるだろうが、この家の者であれば、怪しまれずにできる——。

「やっぱり、家の者の仕業やな」

粋山は「もうよろしゅうおます」と言って、階段を下りた。

最初の座敷に向かいながら、

「次は本を見せておくんなはれ」

と嘉右衛門に言う。

嘉右衛門は「それでは座敷でお待ちください」

と答え、濡れ縁から母屋へ入って行った。

粋山が言われたように座敷で待っていると、すぐに嘉右衛門が本を持って現れた。

粋山は手渡された本を子細に観察する。

表紙は深い草色の紙。左下の角が丸まり、毛羽立っている。糸で綴じた少し手前に折り跡がある。何度も捲り、強く折ったのだ。

糸の綴りは丁寧だが、職人の仕事ではない。

これは話にあった留書帖という推当《おしあて》が当たりかもしれない――。

そう思いながら表紙を開く。

白紙である。

厚めの紙を二つ折りにして綴っている。

目を凝らして見ても、なんの痕跡も見えない。

幽霊が文字を消すなどあり得ない。

ならば、初めからなにも書かれていない本が宗庵の蔵書の中に交じっていたのだ。

まだ使っていない留書帖だとすれば、なぜ表紙がこれほどまで傷《いた》んでいる？

古い本の表紙を流用したか？

粋山は綴じ紐の穴を見る。もし流用したのならば、穴の位置に狂いがあるかもしれないと思ったのだった。

しかし、穴と紐は、最初から使われていたもののように違和感はなかった。

そして、中の紙の方も、下端の隅に癖がついていた。何度も捲ったためについたものだ。そして綴じた際の折り目――。

やはり、日常的に使われていたもののように見える。

留書帖でなければ日記か――？

いやいや――。

見てくれを古い本のようにして、同じような書籍と入れ替えたのだ。

ならばなぜ書名がない？

書名を書いてしまえば、どの本を盗んだかが分かってしまう――。

「宗庵はんは蔵書の目録を作ってはりませんでしたか？」

「いえ。これから作らなければならないなと思っていたところです」

「やっぱりな――。この本は、よう似た本と入れ替えられた偽物でんな。しばらくの間、誰も気づかんようにしたんやが、虫干しをされてしもうたので思いの外、早くばれてしもたってところやと思います。それが宗庵はんの死後か、あるいは生前かはわかりまへんが――。まぁ、自分の本やからすぐに気づくか。だとすれば死後でんな」

「なるほど、筋は通りますな」

嘉右衛門は肯いた。

しかし、粋山には一抹の不安があった。

はたしてこの推当で正しいのか？

その不安を押し隠し、さらに推当を展開する。

「本をすり替えた奴はきっと、宗庵はんの生前にお宅で稀覯《きこう》本を見た。それでどうしても欲しゅうなって、手に入れる方法を考えた。そうするうちに宗庵はんが亡くなって、これは好機と考えよったんでっしゃろな。こちらの使用人に金を摑ませて、本のすり替えを頼んだ。取り返したければ、家の者《もん》たちの持ち物を調べてみるこってすわ。もう手遅れで、売り払われているかもしれまへんが」

「しかし――」嘉右衛門は首を傾げる。

「それならなにも、偽物の本とすり替えずにただ持って行けばいいのに。目録はないのですから、こちらは本が一冊なくなっていると気がつきようもありません」

粋山は、一瞬痛いところを突かれたと思ったが、すぐに反論を思いついた。

「うーむ。しかし、蔵へ入れた時に冊数は数えておりますやろ」

「ええ」

「これから目録を作るんなら、その時に数が合わへんことに気づきますがな」

ほっとしながら言うと、嘉右衛門は、

「けれど、その時までは気がつかないわけですから、偽の本を置かなくても依頼した者に本を渡すための時は充分に稼げるのでは？」

と言った。

粋山は焦る。この推当は駄目か――。

「犯人には、時を稼ぐ以外になにか理由があったんでっしゃろ」

と粋山はしかつめらしい顔で言ったが、謎解きは振り出しに戻っただけである。

「しかしながら、稀覯本と白紙の本をすり替えたということもあり得ないとはいえませんから、念のために家の者たちの荷物をあらためてみましょう」嘉右衛門は立ち上がる。

「使用人らを納得させるために粋山先生の推当を話さなければなりませんが、それでよろしゅうございますね？」

それでは本が見つからなければ自分が恨まれる――。粋山はそう思ったが、渋々肯いた。

二

無念《むねん》は居酒屋〈ひょっとこ屋〉の隅の床几《しょうぎ》に座って、ちびりちびりと酒を飲んでいた。小上がりからは戯作者《げさくしゃ》仲間の賑やかな声が聞こえている。

生ける屍の事件で、金魚《きんとと》との縒《よ》りは少しだけ戻ったような気がしているが、なんだかまだギクシャクとしている。

どうすればいいのか――。

無念はずっとそれを考え続け仕事も手につかない。戯作者仲間たちは事情を知っているから、無念を放っておいているのだった。

足元を見ながら溜息をついて猪口を啜る無念の目が、三和土《たたき》の上に伸びてきた影に気づいた。

顔を上げると、懐土堂粋山が立っていた。

「辛気くさい顔をしとるな」

「なんでぇ。懐土堂かい。からかいならまにあってるよ。帰《け》ぇんな」

無念は追い払うような手つきをする。

「違《ちゃ》う違う。相談があって来たんや」

無念は面倒くさそうな顔をしながらも、少し尻をずらして粋山が座る隙を作った。

粋山は腰を下ろし、小声で三河堂の一件を話した。

小上がりが静かになり、戯作者たちが耳をそばだてているのが分かると、粋山はさらに声を小さくした。

話を聞き終え、無念は首を振る。

「そういう話は金魚にすりゃあいいじゃないか」

無念は〝金魚〟という名を自分が口にするのを仲間たちに聞かれたくなくて、ほとんど囁くように言った。

「生ける屍の件で気まずくなってるやろ。相談できる筈ないやないか」

「おれに相談したってどうしようもねぇだろう。おれの推当はたいてい外れる」

「三人寄れば文殊《もんじゅ》の知恵って言うやないか。二人なら、文殊にはかなわへんやろが、一人よりはましやろ」

「それで、おれを巻き込んで謎解きをしようって考えたのか」

「わたし一人の推当じゃ穴だらけやと気がついたんや。あんたは金魚と幾つも謎解きをしてるやろ。やったら、その手順も分かっとる筈や。わたしはここまで推当した。あとはなにが足りない？」

「聞いて廻ることだな。まず宗庵と親しかった者、特に宗庵の蔵書に興味をもっていた者を探し出して、本を盗んだかもしれない奴を絞り込むんだ。そしてそいつと、三河堂の使用人らの関わりを調べる」

「なるほど、なるほど。せやけど、宗庵と親しかった者を調べるんやったら、村木家に聞き込みに行かなあかんやろ。村木家は大身旗本。わたしたちがのこのこ出かけて行っても相手にしてもらわれへん」

「わたしたちって――。おれを巻き込むな」

「まぁ、ええやないか。で、どうやって村木家に話を聞くんや？」

「三河堂に村木家に尋ねるよう頼めばいい。お預かりした宗庵さまの蔵書の中に、持ち主の分からない本が交じっていて、それを返さなければなりません。おそらく宗庵さまの仲の良かったお友だちでございましょうから、お住まいを教えていただけませんかと訊けば、教えてくれるさ。そのほかに、使用人に当たるという手もある」

「なるほど。さすが無念先生や」

粋山は感心したように腕を組んで首を振る。

「やめろ。おれはお前ぇの先生じゃねぇ」

顔をしかめながら無念は言ったが、悪い気分ではない。

「それじゃあ、あんたは使用人への聞き込みやな」

粋山は言う。

「おれは手伝わねぇよ」

無念は慌てて言った。

「わたしたちだけで解決すれば、金魚に『やるじゃないか』って一目置かれるで」

「うむ……」

無念は心を動かされる。

「あんた、金魚に引け目を感じとるんやろ？　上手くいかんのもそのせいや」

「知り合ったばっかりのくせして、利いた風なこと言うな」

無念は図星を指されて少し狼狽《うろた》え、誤魔化すために乱暴に言った。

「薬楽堂の棚を見ても、あんたの本より金魚の本の方が売れとる。頭の切れも金魚の方が上。なんでもかんでも差をつけられとるやろが」

「痛いところをずけずけと」

無念は粋山を睨む。

「あんたのためを思って、言い辛いことも言ってるんやで」粋山は優しく無念の肩を叩く。

「江戸に来て、初めて出会った気の合いそうな男。それがあんたや。なんとかあんたには幸せになってもらいたい。そう思って誘ってるんや」

「うむ……」

「金魚との差を、なんぼかでも埋めたい。あんたはそう思っとるんやろ？」

「だけど、お前を手伝ったって、謎が解けるかどうか分からねぇだろうが」

「たとえ解けなくったって、少しは見直してくれるやろ。金魚が頼まれた謎解きの邪魔をするわけやないから叱られることもない。万が一、謎が解けなかった時には、金魚に泣きつくって手もあるで」

「泣きつくわけにゃあいかねぇだろう」

「いやいや。『なんとか金魚さんのお知恵を』って頼み込めば、女ってのは『仕方がないねぇ』って引き受けてくれるもんや。女はな、男のかわいい一面も好きなんやで。それで、あんたと金魚の距離も縮まる。どう転んでもあんたに損はない」

「そうか……」

無念は考える。

粋山の言うことは筋が通っているように思える。なにより、金魚が依頼された謎解きではないから、こっちが好き勝手に動いても叱られないというのに心を動かされた。失敗したら黙っていればいいのだし、粋山の言うように金魚に泣きつくという手もある。

「確かに損はないかもしれないな」

無念は徳利の酒を飲み干して立ち上がった。床几に酒代を置き、

「おれは村木家の使用人を当たる。お前ぇは三河堂へ行け。首尾の報告は、後ほど、ここで」

「ここには、でかい耳が多すぎるで」

粋山はちらりと小上がりの戯作者たちを見る。みんな黙り込んで酒を啜っている。

「おれの塾に来てもらおうか」

粋山が言うと、小上がりから幾つも舌打ちが聞こえた。


ふっくらとした丸顔の娘が、薬楽堂の暖簾をたくし上げて、顔を覗かせた。

「金魚さん、いる？」

番頭の清之助が振り返り、

「ああ、おみよちゃん。どうしたんだい？」

娘は居酒屋〈ひょっとこ屋〉の小女、みよであった。

「無念さんとね、例の上方の学者がなんか悪巧みをしてるようなのよ」

「無念さんと粋山さんが――」清之助は眉をひそめる。

「金魚さんは離れで大旦那と将棋を指してるよ」

「ちょっとごめんなさいね」

みよは言って通り土間に駆け込んだ。中庭を抜けて離れに駆け寄る。

足音に気づいた金魚と長右衛門《ちょうえもん》がみよに顔を向けた。

今日の金魚は地味な縞の着物に黒っぽい帯。腰差しの煙草《たばこ》入れは真紅の山羊革であった。

「あら、珍しいね、おみよちゃん」

金魚は今日五度目の王手の手を止めた。

みよは縁側に腰を下ろす。

「無念さんがね、粋山さんから謎解きの手伝いを頼まれたの」

「引き受けたのかい？」

金魚は微笑んで訊く。

金魚がみよの方を見ている隙に、長右衛門は盤面の駒をそっと動かそうとした。金魚は、みよに顔を向けたまま、長右衛門の手をぴしりと叩く。

「金魚さんに認めてもらえるだろうからって引き受けた」

「餓鬼《がき》だねぇ」金魚はころころと笑う。

「詳しく話しておくれ」

「うん。小声で話してたから全部聞こえたわけじゃないけど――」

みよは子細を語る。

「ふーん三河堂ねぇ」

聞き終わった金魚は煙管を吸いつける。

「三河堂っていやぁ、物之本《もののほん》（専門書）を扱う神田連雀町の書林じゃあねぇか。粋山の野郎、本を出すつもりなんだな」

長右衛門が言った。

「本を出すつもりで行って、村木っていう大身旗本が関わる謎解きを頼まれたかい」

金魚は煙を吐き出す。

みよの話でおおよその推当は立った。

簡単な謎解きじゃないか──。

無念は村木の使用人、粋山は三河堂に聞き込みの依頼に行ったという。

聞き込みの相手が見当違いだね──。

放っておくか、ちょっかいを出すか──。

もし解けなかったら、こっちに話が回ってくるようだけど、そうなりゃあますます無念は引け目を感じるだろう。

どうしたもんかねぇ──。

「どうするの？　金魚さん」みよは心配そうに訊く。

「きっと、無念さん、あの上方の学者に利用されてるのよ」

「そう思うかい？」

金魚は優しく訊いた。

「あの学者、謎解きをして名を上げようと思っているに違いないわ」

「ご明察！」金魚は小さく手を叩く。

「おみよちゃん、無念なんかよりずっと推当が上手いよ」

「なんとか助けてあげなよ。金魚さん、無念さんが好きなんだろ？」

みよに言われて金魚の顔は赤くなった。

「おみよちゃんの方こそ、無念に気があるから教えに来たんじゃないのかい？」

金魚は早口になった。

「冗談じゃない」みよは口をへの字にして手を振る。

「あたしはもっと若くてなよっとしてる方が好き」

「ああ……。そうなのかい」

金魚は引きつった笑みを浮かべた。

「で、どうするのさ？」

「三河堂へ行ってくるよ。なんとか上手くやれると思う」

金魚は立ちながら、くるりと振り向き、長右衛門と将棋盤を見た。

「勝負はお預けだよ。大旦那。盤面は覚えたから、ずるしてもばれるからね」

言うと、金魚は沓脱石《くつぬぎいし》の草履《ぞうり》を履《は》いた。

三

金魚は三河堂の店に入り、土間に立って周囲を見回した。

書棚には書籍が横積みされ、書名を書いた紙の札が短冊のように下がっている。侍や学者風の客が座り込んで本を手に取り品定めをしていた。さすが専門書を扱う書林である。大衆向けの本や浮世絵を商う薬楽堂とは風格が違った。

「いらっしゃいませ」番頭らしい男が声をかけてきた。

「間違えていたら失礼いたします。もしかして、戯作者の鉢野金魚さまではございませんか？」

金魚はにっと笑う。

「あれ。あたしを知っているのかい？」

「勿論でございますとも。今日はなにかお作の参考になる本をお探しでしょうか？」

「いや。村木宗庵のことでちょっとね。旦那はご在宅かねぇ」

村木の名を聞き、男の顔が少し強張った。

「少々お待ちください」

言って、男は帳場に座る細面の男の元に行き、耳打ちをした。

細面の男は金魚の方を向き、会釈をして帳場を立つ。そして、金魚のそばまで来て、膝を折った。

「これはこれは、鉢野金魚さま。わたしは主の嘉右衛門でございます。ご用件は承りました。ここではなんでございますから、奥へお通りください」

と、嘉右衛門は金魚を促して通り土間へ向かった。


「推当物の名手、鉢野金魚さまが村木宗庵さまの件でお出《い》でになったのは、懐土堂粋山さまの関わりでございましょうか？」

奥の座敷に金魚が座ると、嘉右衛門はすぐに口を開いた。

「いえね、あたしの知り合いが粋山に巻き込まれたようなんでね。粋山だけならば恥を掻くのも面白いけど、知り合いも一緒くたになっちゃあかわいそうだと思ってさ。それでこっそり乗り出したってわけなんだよ。だから、あたしが首を突っ込んだことはくれぐれも内緒ってことで」

金魚は唇の前に人差し指を立てた。

「粋山さまの推当はあてにならないと？　今し方、粋山さまがいらして、村木さまから色々と聞き出して欲しいとの仰せで――。ずいぶん気合いが入っておいでですが」

「気合いが入っていればいいってもんじゃないよ」金魚は笑う。

「推当なんてのは、失敗したり上手くいったりを繰り返して正確になっていくものさ。

粋山はまだまだ修業が足りないんだよ」

「なるほど。それで金魚さまはどこまでご存じで？」

「又聞きで色々聞いてはいるけど、人伝《ひとづて》ってのはあてにならないからね。嘉右衛門さんから全部聞かせてもらいたいんだよ」

「わかりました――」

嘉右衛門は宗庵の死から、白紙の本の件までを語った。

「――そうかい。で、村木家には誰が御用聞きに行っていたんだい？」

話を聞き終え、金魚は訊いた。

「わたしと番頭でございます。二人の都合が悪い時には娘の篠が行っておりました」

「誰が多かった？」

「宗庵さまのお呼びはいつも急でございましたから、篠が多ございました」

「そのことを、粋山は訊いたかい？」

「いいえ」

「それさえ訊いていれば謎解きの糸口はすぐに見つかったのにねぇ」

「どういうことで？」

「こっちの話さ。さて、次は白紙の本の件だ。見せてもらえるかい？」

「はい」

嘉右衛門は座敷を出て、すぐに一冊の本を持って戻って来きた。

金魚はそれを受け取り、子細に観察した。

本屋が作ったのではなく、自分で紙を綴ったものであるのは明らかだった。

そして、何度も捲ったり折ったりしているのに、文字が書かれていない。

内側の紙は、奉書紙より少し薄く、文《ふみ》などを書く紙よりも厚い。

なぜこの紙を選んだ？

金魚は縁先まで出て、紙を光に透かしたり、本を横にしたり斜めにしたりして、表面に当たる光の角度を変えてみた。

これといった痕跡は見えない。

匂いを嗅いでみたが、とくに変わったにおいはしなかった。

「ふん」

金魚は座敷に戻って座り直した。そして本は返さずに自分の横に置く。

「篠さんとすず、かんから話を聞きたいんだけど」

「呼んで参りましょう」

「ああ、呼んで来たら、旦那は席を外してくださいな」

金魚は側の煙草盆を引き寄せて、煙管《きせる》を吸いつけた。

粋山は事を難しく考えようとしている。

理屈っぽい男に多い考え方だ。

幽霊は存在しないということを前提にすれば、篠とすず、かんは嘘をついている。

ならば、なぜ嘘をついたか？　それは、嘘をついたあとに、嘉右衛門になにをさせようとしたかで分かる。

篠は嘉右衛門に宗庵の蔵書を売らないように言った。

つまり、蔵書を売らせないようにするために幽霊が出たなどという嘘をついたのだ。

すずとかんは篠の気持ちを慮《おもんぱか》って、話を合わせた。

では、なぜ宗庵の蔵書を売りたくなかったか？

金魚がそこまで考えた時、「失礼いたします」と声が聞こえた。

「お入り」

金魚は応えて煙管の灰を落とし、息を通して煙管入れに仕舞った。

襖《ふすま》が開き、三人の娘がおどおどした様子で座敷に入って来た。

仕立てのいい着物を着た十五、六歳ほどの娘が「篠でございます」と言い、後ろに控えた、篠よりも二、三歳年下に見える娘たちが「すずでございます」「かんでございます」と頭を下げた。

「あたしは鉢野金魚。戯作者をしてる」

「存じております」

篠は怯えたように金魚を見る。

「あれ、あたしの本、読んでくれてるのかい」

「はい。新作を楽しみにして、薬楽堂さんに並ぶとすぐに手に入れております」

「それはありがたいねぇ」金魚はにこにこと笑う。

「お得意さんに怖い思いをさせちゃいけないねぇ――。あたしが訊くことに素直に答えたなら、悪いようにはしない。だから、嘉右衛門の旦那には席を外してもらった。言っている意味が分かるかい？」

金魚が訊くと三人は小さく肯いた。

「お篠さん。あんたは村木家に御用聞きに行くようになって、宗庵さんに惚れちまったね？」

その言葉に、篠の頬がぽっと赤くなった。

「宗庵さんの方はどうだったんだい？」

篠は俯いて首を振った。

「なんだい。あんた、思いは告げなかったのかい」

篠は肯く。

「それで、向こうの思いも訊けなかった」

篠は肯き、すずが、

「あたしが確かめてさしあげようとしましたが、篠さまは恥ずかしがって――」

と言った。

「そうするうちに、宗庵さんは病に罹《かか》り、気持ちは確かめないままか」

「けれど」かんが言う。

「宗庵さまも篠さまを憎からず思っていたと思います」

「お前たちにはそう見えたんだね？」

金魚が訊く。すずとかんは強く肯いた。

「それで、宗庵さんを思い出す蔵書を売りたくなくて、幽霊が出たなんて嘘をついたんだ」

「はい……」

篠は俯いた。

「白紙の本は？」

金魚は脇に置いた本を自分の膝の前に移した。

「わたしは存じません。うちで取り扱った本ではございません」

篠は本に目を向けながら言った。

「そうだろうね――。だとすれば、これは宗庵さんが自分で紙を綴ったものだよ」

「そうなのでございますか？　使われなかった留書帖かなにかで？」

「使われてるよ」

「でも、なにも書かれていませんが」

「書かれてるんだよ」

「え？」

篠は「失礼いたします」と言って金魚の前の本を手に取って捲る。

「何も見えませんが……」

「目に見えない墨っていうのがある。子供の頃、やらなかったかい？　蜜柑の汁で紙に文字を書き乾かす。それを炭火にかざすと、汁で書いた部分が焦げて文字が浮かび上がる」

「炙《あぶ》り出しでございますね。でもそれなら、うっすらと蜜柑汁の黄色い文字が見えるはずでございます」

「そう。ほかにも酢で書いたり、牛の乳で書いたり、水で薄めた蜂蜜で書いたりする方法がある。けれど、紙からはそういう匂いがしない。蜜柑のにおいもしなかった」

「それじゃあ炙り出しではないのかも」

「炙り出し以外なら、忍びの者が使ったと言われる術がある。これは大豆の汁で書き、墨を振りまいて読むんだそうだ。とある神社のおみくじに、紙を水に浮かべると、文字以外のところに水が染み込み、吉凶の文字が白抜きで現れるというものもある。きっと蠟《ろう》を使っているとか、文字の部分を薄く漉いたりとかしてるんだろうね」

「でもそれは薄い紙じゃなきゃ上手くいかないんじゃないですか？　この本の紙はけっこう厚いです。水を吸っても裏を透かすくらいにはならないかと」

「そう。いいところに気がついたね。この紙の厚さにも意味があるのさ」

「どんな意味です？」

「薄い紙だと、墨で字を書けばその水っ気で乾かすと波打つ。この紙の厚さなら、見えない墨の水っ気を吸っても波打たない」

「でも、宗庵さまはなんでそんなことをしたんでございましょう？」

「理由は簡単さ。誰にも読まれたくなかったんだ。だからきっと、これは宗庵さんの日記だよ」

「日記――」

篠はじっと白紙を見つめた。

「読みたいかい？」

金魚が訊くと、篠は眉間に皺を寄せた。

「読めるようにできるのですか？」

訊いたのはすずだった。

「できるよ。見えない墨を見えるようにする方法を試してみりゃあいいんだ」

「お嬢さま。読めるようにしてもらいましょうよ」

かんが言う。

「迷います」

篠は小さく首を振った。

「だろうねぇ。もしかすると、篠さんが好きだってことが書かれているかもしれないし、別の女が好きだってことが書かれているかもしれない。そしてなにより、宗庵さんが誰にも知られたくなかったことが書かれているんだからね。好きな男が隠したかったことを覗き見るのは気が咎《とが》めるね」

「それもありますが、読むのが怖いというのもあります。全てが明らかになってしまえば、わたしの思いが微塵に打ち砕かれてしまうかもしれません」

「打ち砕かれた方が、思い切ることができるよ。いくらあんたが思っても、もう相手は死んでいるんだ。幽霊でもいいから、夢にでもいいから出て来て欲しいと願っても、なかなか出ちゃくれない。あたしは幽霊なんか信じちゃいないが、幽霊がいるとして、それがもう一度会いたいと強く思っている者の前に現れないのは、思いやりじゃないかと思うね」

「思いやり？」

「幽霊になって出て来たり、夢枕に立たれたりしたら、未練が残るじゃないか。早く自分のことは忘れて幸せになってほしいから、あえて姿を現さないんじゃないかね」

金魚は篠の手の中の本を顎で差す。

「その本は口を利かない幽霊みたいなもんだね。いつまでも未練が残る――。まぁ、読めるようになる方法を試しても、必ず文字が現れるとは限らないけどね」

「どういうことです？」

すずが訊く。

「まず、どういう方法で書かれたかを解き明かさなきゃならないのさ。間違った方法を使っちまうと二度と読めなくなるかもしれない。炙った途端、蠟が溶けたり、油に火がついたり。水に入れた途端、秘密の墨が流れ出したり――。賭けみたいなもんだ」金魚は篠を見る。

「ますます見ない方がいいと思ったんじゃないかい？」

「宗庵さんの思いが壊れるくらいならば。結局、宗庵さんが生きていた時と同じですから。宗庵さんはそこにいるのに、その思いは分からない。今は、宗庵さまの思いは確かにここにあるのに、それを読むことができない」

篠は金魚に顔を向けてにっこりと笑った。

「まるで、宗庵さまが生きてここにいるみたいです」

「お嬢さま……」

すずとかんは寂しそうな顔をした。

「あとは、その日記がごたごたなく、あんたの手に入ればこの件は落着だね」

「けれど、事が大きくなってしまいましたから、また嘘をつかなければなりません」

「今度は、その日記が消えてしまったとか？」

金魚が訊く。

「はい……」

「あんたの親父さんは、幽霊の件を疑っているよ。親に嘘を重ねるのは、あまりいい手だとは思わないね」

「ならば、どうすれば？」

「正直に話すのさ。あたしが口添えしてやるよ。娘が惚れた相手が生きていれば、親父は難しいことを言う。気の毒な言い方だけど宗庵さんはもう死んでいる。親父さんは、すんなりと受け入れてくれるさ。形見の品としてもらいうけたいと言えば、親父さんも否とは言うまいよ」

四

粋山が三河堂嘉右衛門に、村木家からの聞き込みを依頼して数日後のことである。

無念は村木家の使用人からの聞き込みの結果を伝えに、粋山の懐土堂を訪ねた。

懐土堂は一軒家で、以前は小間物屋をしていたという仕舞屋《しもたや》であった。

店であった板敷に畳を敷き、奥の六畳間と一続きにして二人掛けの文机を十余りも並べていた。

「邪魔するぜ」

と言って無念が三和土《たたき》に入ると、粋山は正面奥の教師の文机に頬杖を突いて、招くように手を振った。

「悪いなぁ。何も摑めなかった」

無念は文机を挟んで粋山と向き合った。

「悪いのはこっちやで」

粋山は溜息をつく。

「なにがあった?」

無念は眉根を寄せて訊く。

「昨日、そろそろ嘉右衛門はんが何か聞き出している頃合いやと思うて、三河堂を訪ねたんや——」


中庭に面した座敷に通され、出された上等な茶を啜っていると、嘉右衛門が申しわけなさそうな顔で現れた。

「粋山先生。謎は解けてしまいました」

嘉右衛門は座りながら言った。

「えっ? どういうことです?」

粋山は慌てて訊く。

「宗庵さまは、留書帖を作る時に、書きやすいように表紙や中の紙を何度も折って、癖をつけておくのだそうで。表紙は廃棄する本のものをとっておいて使ったりするそうで——。つまり、あの白紙の本は宗庵さまの留書帖だったというわけで」

「しかし、まだ幽霊の件が残っとりますがな。それが解けへんと落着とはいきまへんで」

「娘や女中にあらためて訊いてみたのでございますが、もしかすると見間違いであったかもしれないと言い出しまして」

嘉右衛門は頭を掻きながら続ける。

「そういうことで、粋山先生が名を上げるのはまたの機会にということで」

「左様でっか……」


「っていうわけで帰って来たんや」粋山は大きく溜息をつく。

「骨折り損の草臥《くたび》れ儲けで申しわけない」

「まぁ、仕方がねぇな」

無念はなんとなくほっとしながら言った。

粋山に上手く丸め込まれてしまったからとはいえ、金魚の商売敵になるかもしれない男の手伝いをしていることに後ろめたさを感じていたのだった。

「それじゃあ、おれはこれで」

無念は腰を浮かす。

「なんや、もう帰るんかい。残念会で一杯やろうや」

粋山は引き留めたが、無念は、

「戯作のいい案を思いついたんだ。忘れねぇうちに書かなくっちゃならねぇ」

と、そそくさと三和土の草履を履く。

「今回の件を書くつもりやないやろな？」

「つまらねぇおちの話なんか書くもんかい」

無念はしかめっ面をして外に駆け出した。

日本橋へ続く大通りを進み、本町二丁目の辻で、前から歩いて来る金魚を見つけて無念はどきりとした。

今日の金魚は冬枯れの山里の裾模様の着物に、わずかに錆色の入った茜の帯。茶の簀《す》革《かわ》の煙草入れには、燻した銀で百舌《もず》を象《かたど》った前金《まえがね》があしらわれている。

「おや無念。どこかにお出かけだったのかい」

金魚はにこやかに言う。

「ああ――」

無念は迷った。

嘘をついても、金魚には見透かされてしまうだろう――。

「懐士堂へ行ってたんだ」

無念は金魚と並んで、左の本町三丁目に曲がりながら言った。

「へぇ。粋山のところにかい。なんでまた？」

「仕事を手伝ってくれって頼まれたんだよ。上手くいけば、金魚に見直されるって言われてさ」

無念は正直に顚末を語る。

「――ってことで、推当をするまでもなく、落着さ。まったく、無駄なことをした」

無念は肩をすくめる。

「ふーん。でもさ、あたしに見直されたいって思ってくれたことは嬉しいよ」

金魚は無念の袖を引っ張りながら揺する。

「本当か？」無念は顔を輝かせて金魚を見た。

「おれはてっきり、ばかなことをしてって叱られると思ってた」

「叱りゃあしないよ。でも、呆気なく落着して、気の毒だったねぇ」

金魚は何も知らぬ体《てい》で言う。

「まぁな。日傭《ひようと》取りの銭も出ねぇから、本当に草臥れ儲けさ」

「じゃあ、あたしが昼飯を奢ってあげるよ」金魚は無念の手を取って引っ張った。

「ちょっと冷えてきたからさ、〈ひょっとこ屋〉で一杯ひっかけて行こうよ」

「お、おう……」

無念は手を引かれるまま、足を速めた。

曇天から、ひとひら、ふたひら、白いものが舞った。

今年の初雪であった。

丑の刻参り　呪いの行方

一

鉢野《はちの》金魚《きんとと》は、長屋の部屋で文机に頰杖を突き、ぼんやりと宙を見つめていた。

朝食を摂って、さて仕事をするかと文机の前に座ったのだが、まったく筆が進まない。頭の中に浮かんでくるのは物語ではなく、自分自身のことである。

旅先でほつれた無念《むねん》との関係は、なんとか繕《つくろ》えつつある。けれど、お互いに惚れていると気づいてしまったことで、なんとなく以前より距離ができてしまったように感じる。

女郎屋の中の、擬似的な色恋ならば熟知した金魚であったが、遊廓《ゆうかく》の外の当たり前の男女が、どのような段階を踏んで結ばれていくのかが、今ひとつよく分からない。

実は、推当物《おしあてもの》を得意とするのにはそういう理由もあった。当たり前の男女の色恋を描けないのである。

書けば嘘臭くなる。それを知っていたから、できるだけそういう描写は避けてきたし、自分が手がけた本当の謎解きだけを題材に戯作《げさく》を書いてきたのである。

本能寺《ほんのうじ》無念は自分とまったく違う。異国の物語を下敷きにした作もあるが、自分の頭の中で想像した物語を書いている。

無念もまた、物語の中に色恋をあまり書かない。出てきたとしてもそれはまるで、遊廓の中の女郎との色恋のようだった。

　つまり、無念もまた遊廓での色恋しか知らず、素人娘と付き合ったことはない――。

　金魚はそう推当《おしあ》てていた。

　けれど、無念の想像力には舌を巻いていた。よくもまぁ、こんな展開を思いつくものだという物語がよくあった。とくに戦記物の架空の兵略などは、金魚には想像もつかないものである。だから、戯作者としての無念を金魚は尊敬していた。

　金魚は溜息をつく。

「いっそ、おみよちゃんにでも手ほどきを受けるかねぇ」

　みよは、居酒屋〈ひょっとこ屋〉の小女。まだ十五、六だが、市井《しせい》の男女の色恋には自分よりずっと詳しいはずだ。

　そんなことを考えている時、入り口の腰高障子の外で声がした。

「金魚。いるかい？」

　絵師の栄《えい》の声であった。

　栄は、画号を応為《おうい》といった。この頃は為一《いいつ》と名乗っていた葛飾北斎《かつしかほくさい》の娘である。

　肉筆の美人画の腕前は父を越えるともっぱらの評判であった。

「あれまぁ。色恋に縁のない女が来たよ」金魚は小声で言って苦笑する。

「入りな。心張り棒はかかってないよ」

　からりと障子が開く。

皺《しわ》だらけの縞の着物を着た女が三和土《たたき》に入って来た。島田の髷《まげ》はいつ結《ゆ》ったものか、だいぶ乱れていた。化粧っ気はまったくない。

「どうしたい？　様子を見に来たかい？　あたしなら元気だよ――」

金魚は座敷に上がって来る栄の、深刻な表情を見て眉をひそめた。

「様子を見に来たわけじゃなさそうだね。なにがあった？」

「昨夜《ゆんべ》、見ちまったんだよ」

栄は、金魚の脇の火鉢を自分の方へ引き寄せながら言った。

「幽霊でも見たかい。季節外れだよ」

金魚は更紗《さらさ》の煙草《たばこ》入れを取り、煙管《きせる》に葉を詰めて吸いつけた。

「幽霊なんかじゃないよ。もっと厄介なもんだ」

「だから、なにを見たんだよ」

「丑《うし》の刻参《こくまい》り」

栄はぼそっと言った。

「そりゃあまた、珍しいものを見たね」金魚は煙を吐く。

「どこで？」

「根岸。さる大店《おおだな》の寮《りょう》（別荘）へ、絵を描きに行った帰りさ」

栄は昨夜の出来事を語った。

根岸には大店や文人などの寮、住まいが多かった。栄が呼ばれたのは大伝馬町で呉服屋を営む信濃屋《しなのや》の寮であった。妾の絵を描いて欲しいという主《あるじ》の依頼である。

妾は芸者だが、来月辞めて主に囲われるのだという。その前に、芸者姿を絵にして欲しいということだった。

寮で制作をすることになるので、昨夜は画材を運び、画帳に簡単な下絵を描いただけで終わりになった。

夕食をご馳走になり、酒も入って、今夜は泊まっていくようにという勧めもあったから、栄は奥まった座敷に敷かれた布団に入った。

眠ろうと思ったが、知らない家ではなかなか寝付けない。それに絵の描き始めは、どうしてもこれから先の進め方を考えてしまう。それでさらに目が冴えた。

栄は起き出して燭台《しょくだい》に灯《ひ》を点《とも》し、画帳を出して素描におおまかな彩色をしてみようと思った。

絵具を入れた行李《こうり》を開け、栄は舌打ちした。

絵具の数が足りなかった。

「くそ親父が取り出しやがったな」

足りないのはベロ藍。為一が好んで使う色である。おそらく自分のものが足りなくなったので、栄の絵具に手を出したのだろう。

明日にでも取りに帰ろうと思ったが、今すぐ藍色を塗りたい――。

栄は立ち上がり綿入れを纏《まと》って、首元に真綿を布でくるんだ襟巻きを巻くと、燭台の灯を消して外に出た。

外は凍えるほど寒かったが、綿入れと襟巻きのお陰でなんとか耐えられた。

提灯《ちょうちん》で足元を照らしながら、家路を辿る。

寮が建つ界隈には寺院が多く、道のそばに墓場もあったが、栄は気にせず歩いた。

少し進んだところで、奇妙な音を聞いた。

鉄で鉄を打つ音――。金槌《かなづち》で釘を打つ音のようだった。

音は、壊れかけた山門の向こうから聞こえている。門の中には芒《すすき》が生い茂り、白っぽく枯れている。破寺《やれでら》であった。

こんな夜中に大工仕事をする者などいるはずはない。

栄は、なぜ鎚音が聞こえているのか思い当たった。そして、確かめてやろうという気持ちがむくむくと膨れあがった。

おそらく、破寺の奥で、丑の刻参りをしている者がいる。

滅多に見られるものではない。いい画題になると思った。

父の為一（北斎）も丑の刻参りの絵を描いたことはあったが、空想である。

本物を見られれば、父を越える現実味を帯びた絵を描けるかもしれない。

栄は提灯を吹き消し、そっと山門を潜った。

傾いた本堂や庫裡《くり》の影がひっそりとうずくまっているその奥に、ちろちろと蠟燭《ろうそく》の明かりが見えた。鎚の音はそこから聞こえている。

栄の鼓動は高鳴る。恐怖ではなく、珍しいものを目《ま》の当たりにしている興奮である。

敷地の奥には小さな社《やしろ》があった。蠟燭はその近くで揺れている。

栄は杉の木の陰に身を隠す。

社のそばの蠟燭は三本。白い衣を着た女の頭の上に灯《とも》っていた。逆さにした五徳の脚に蠟燭を立てているのだ。白い衣は死装束《しにしょうぞく》である。太い杉の幹に左手で藁《わら》人形を押し当てて、右手の金槌で五寸釘を打ち込んでいるのだった。

蠟燭の明かりで、白粉を塗って真っ白になった若い娘の横顔が見えた。解《ほど》かれた髪はざんばらで、鎚を打つたびに揺れた。

口に櫛《くし》をくわえ、胸には紐で吊った丸い鏡をぶら下げていた。足には一本歯の下駄《げた》を履いている。

話に聞いた丑の刻参りの装束である。

娘は肩で息をして鎚を降ろす。そして白装束を脱ぎ、近くの風呂敷から着物を取り出して着替えた。下駄や五徳、金槌などを白装束と一緒にまとめて風呂敷に包み、提灯に灯を点して、足早に境内を出た。

栄はそのあとを追う。

娘は田圃の中の細い道を足早に歩き、千住大橋にほど近い下谷通新町の長屋に入って行った。栄は木戸の名札を確かめる。〈きものしたて　ぬい〉という名前を見つけた。

さてこれからどうしようかと栄は思った。家に帰って絵具を持って来るか、それとも信濃屋の寮へ戻って、今見た光景を画帳に描くか――。

頭の中に鮮明に残っているうちに、絵を描こう。

栄はそう決めて寮に戻った。

「ふーん。確かに珍しいものを見たね。あんたの絵柄なら、鬼気迫るものが描けるだろう。よかったじゃないか。なんで浮かない顔をしてるんだい？」

「うん……。丑の刻参りを誰かに見られたら、呪いが呪詛《じゅそ》者《しゃ》に返るって言うじゃないか。あたしが見ちまったから、ぬいに呪いが降りかかるんじゃないかと思ってさ……」

「なんだい」金魚は煙を吐き出して笑う。

「お前、呪いを信じてるのかい？」

「信じちゃいないさ。でも、気持ちが悪いじゃないか」

「ふーん」

腕組みした金魚は、すぐにぽんと一つ手を打った。

「それじゃあ、ぬいが無事かどうか確かめに行こうよ」

「え？　長屋に押し掛けるのかい？」

栄は眉をひそめた。

「いや。今晩、根岸の破寺へ行ってみるのさ。今晩もかんこんやってたら、呪いは返らなかったって証拠だろ」

「けどさ、もし昨夜が満願の日だったら、今日は行かないよ」

「満願じゃないよ」

「なんで分かる？」

「まぁ、それは満願の日に教えてやるよ」

「え？　満願の日まで見に行くってのかい？」

「昨夜が初日だったとしても、あと六日通えばいいだけの話じゃないか。それだけ見りゃあお前も、色々な絵を思いつくだろ」

「うん……」

「信濃屋の寮には旦那やお妾さんが泊まり込んでいるのかい？」

「いや。あたしと、住み込みの使用人の爺婆だけさ。お妾さんは一日おきに日のあるうちに来ることになってる」

「なら、あたしを泊まり込ませておくれよ。毎晩ここから出かけて行く手間が省ける」

「本当に行って確かめるのかい？」

栄は顔をしかめた。

「ぬいに呪いが降りかかったかどうか気になって気持ちが悪いんだろ？　確かめればすっきりするよ。まぁ、あたしはどっちでもいいけどね。どうする？」

金魚はにやにや笑う。

「うーん。分かった。行ってみよう」

「よしっ！」金魚は勢いよく立ち上がる。

「ちょいと待っててておくれ。お泊まりの用意をするから」

二

着替えを終えた金魚は栄と共に根岸への道を辿った。

「なにもおめかしして出かけることはないじゃないか」

栄は隣を歩く金魚に目をやりながら鼻に皺を寄せた。

金魚の出で立ちは、多彩な色の柿落ち葉の裾模様の小袖に、雪椿の帯。差した煙草入れは枯れ葉色の山羊革で、前金《まえがね》は燻した銅を打った虫食いのある紅葉《もみじ》。甲螺髷《ばいまげ》の髪に翡翠《ひすい》の簪《かんざし》を挿《さ》していた。

「女戯作者鉢野金魚は小汚い格好で出歩いているなんて話が広まれば、読み手が減るんだよ。お前こそ、出かける時は少しは身嗜《みだしな》みを整えなよ」

「絵以外に興味はないいね」

栄はつんとそっぽを向く。

「まぁ、絵描きの葛飾応為はいつも小汚いってのも、売りになるかもしれないねぇ」

金魚はころころ笑った。

茶店に寄って一休みしながら、二人は夕暮れ前に根岸の寮に辿り着いた。

大きな茅葺《かやぶ》きの田舎屋で、土間に入るとすぐに老爺が足を洗う盥《たらい》を持って来た。

「友だちの金魚だよ。絵具溶きなんかの手伝いに連れて来た」

栄は、金魚に先に足を洗うよう促しながら老爺に言った。

「金魚とはかわいいお名前で」

もう一つの盥を持って来た老爺は、栄の前にそれを置きながら微笑む。

「筆名だよ。戯作を書いてるんだ」

金魚は盥に足を入れる。お湯を差しているらしく、温かかった。

「へぇ。女の方も戯作を書くのでございますか」

老爺は驚いた顔をした。

金魚は、老爺が自分の名を知らなかったので、ちょっと不満な顔をし、

「源氏物語の紫式部も枕草子の清少納言も女だよ」

と言って手拭いで足を拭いて板敷に上がった。

「そう言われれば左様でございますな」

感心したように肯く老爺をおいて、金魚と栄は奥の座敷に向かった。

栄が与えられた部屋は雑然としていた。

十二畳の座敷の中央に、反故紙《ほごし》が何枚も敷かれて、その上に下描きらしい女の墨絵があった。その左右にまだ使われていない絵具を溶く小皿が積み重ねられ、硯、筆、筆洗、素描を描いた数冊の画帳などが置かれている。失敗した下描きをくしゃくしゃに丸めた紙があちこちに散り、奥の襖《ふすま》には木枠に絹を貼りつけたものが立てかけられていた。

「小汚い部屋だねぇ」

金魚はしかめっ面をした。

「集中するとこうなるんだよ。戯作者の部屋もこんなもんだって聞いたよ」

「あたしは違うよ。いつも見てるだろ」

「お前が例外なんだよ」

栄は懐《ふところ》から、家に寄って持って来た絵具の紙包みを出して、小皿のそばに置いた。

「丑の刻参りの絵、見せておくれよ」

金魚は下描きの反故を丸めた紙屑を手で払うようにどけて座った。

「ああ。これだよ」

栄は画帳の一冊を取って金魚に渡し、紙屑の上にあぐらをかいた。

金魚は画帳を捲《めく》る。

最初の三枚は、芸者らしい女の素描であったが、四枚目を開いた途端、金魚は座敷に冷風が吹き過ぎたような気がした。

白装束の女の後ろ姿である。

右手に持った鎚を振り上げている。左手は藁人形を杉の大木の幹に強く押しつけている。どれだけ力を込めているのかは、腕の筋の浮き方で分かった。頭の上には五徳が載り、その脚に立てた蠟燭の異様に大きな炎が揺れて、女の強い怨念を象徴しているように思えた。

乱れたざんばら髪の隙間から、わずかに見える横顔の目は吊り上がり、櫛をくわえた口は歯が剝き出している。

「素描だってぇのに、鬼気迫る絵だねぇ。今、冷たい夜風に吹かれたかと思ったよ」

金魚は画帳を閉じて、栄に返した。

「金魚に褒《ほ》められると悪い気はしないね」栄は嬉しそうに言う。

「そこらのおべっか使いとは違う――。青を基調にして色を塗ってみようと思うんだ」

「寒々しい感じでいいんじゃないかい。そこに蠟燭の炎が差し色になって」

「うんうん。差し色のことまで分かるのはさすがだねぇ」

「その絵」金魚は、反故紙の上に置いた下描きを顎で差す。

「絹に写すんだろ。丑三ッ刻まではまだまだあるよ。仕事をしちまいな」

「ああ、そうだね。お喋りばっかりしているわけにはいかないか」

栄は言って、襖に立てかけた木枠張りの絹を取り、下描きの上に載せた。


夕食を摂り、風呂に入って、綿入れを着こみ丑三ッ刻を待った。

その刻限の少し前、栄は老爺と老婆の部屋の前まで足音を忍ばせて向かった。

板戸の向こう側から二つの鼾《いびき》が聞こえている。

栄は自分の部屋に戻り、金魚と共に家を出た。

冴え冴えとした星空である。二人の息は白い。星明かりで周囲の田畑、点在する百姓家の姿がぼんやりと見える。こういう夜は、提灯を点すとかえって足元が見えづらいので、持ってはいるが蠟燭に灯は入っていない。

二人は破寺のそばまで来ると、耳を澄ませた。

鎚で釘を打つ音が聞こえた。

栄は先に立って壊れかけた山門をくぐる。金魚はその後を追う。枯れ芒を慎重に押し分けて、奥へ進む。

やがて、蠟燭の明かりがちろちろと揺れるのが見えてきた。

二人は立木の陰に隠れて、白装束の女の後ろ姿を見守った。

女はしばらく鎚を振るい、突然その手を止めた。

そして、ゆっくりと周囲を見回す。

金魚と栄は、突き出していた顔を幹の陰に引っ込める。

再び顔を出して眺めると、女は何かを探すように藁人形を打ち付けた杉の古木の周りを歩き回っていた。

そして――。

「ちくしょう！　ちくしょう！　ちくしょう！」

と叫び、その場に頽《くずお》れた。

栄が金魚の耳に口を寄せ、

「なにしてるんだい？」

と訊く。

「見つからなかったんだよ」

金魚は栄の耳に囁く。

「なにが？」

「黒牛」

「黒牛ぃ？」

栄の声が大きくなったので、金魚は「しぃっ！」と口の前に人差し指を立てた。

二人は声を聞かれたのではと様子をうかがうが、女は声を上げて泣いているので、耳には届かなかったようだった。

「黒牛ってなんだい？」

栄が訊く。

「七日の呪詛が天に通じれば、黒牛が現れるんだよ。寝そべっているそれを跨《また》げば、満願成就」

「ああ。そういやぁ、師匠の丑の刻参りの絵にも牛が描かれてた」

「なんだ。それを見た時、なんで牛が描かれているのかって親父さんに訊かなかったのかい？」

「絵に口を出すと腹を立てるから面倒くさいんだよ」栄は言って話を戻す。

「黒牛が現れなかったから、女は泣いてるのかい。つまりは、呪いは成就しなかったってことか」

「呪いなんてないから、成就もするわけはないんだよ」

金魚は鼻で笑う。そして、

「先回りするよ」

金魚は栄の肩をぽんと叩き、山門へ向かった。

三

破寺の山門から、女——、ぬいがとぼとぼと出て来た。肩を落として家路を辿る。

満願の日に、黒牛は現れなかった。

あたしの願いは叶わない——。

ぬいは唇を噛んだ。

前方から二人の人影が歩いて来るので、ぬいはどきりとして足を止めた。

「釘を打つ音が聞こえたが、あんたかい？」

人影の一人が言った。女の声だった。金魚であるが、もちろんぬいは知らない。

なんと答えたらいいか分からずに、ぬいは立ち尽くす。

「丑の刻参りだね。大丈夫、見ちゃいないから、呪いは消えないよ」

「呪いは通じませんでした……」

ぬいは思わず言った。

「そうかい。それは気の毒だったね。あたしらは絵描きとその手伝いでね。近くの大店の寮で頼まれた絵を描いてるんだが、絵具が切れたんでちょいと家へ取りに行く途中だったんだよ。よかったら、話を聞かせてくれないかい。なにか力になれるかもしれないよ」

「……見ず知らずの方に恥を語る気にはなりません」

ぬいは首を振った。

「呪いってのは、相手が『自分は呪われている』って知ることが肝心なんだよ」

金魚の言葉に、

「なんで？　知られたら呪いは解けて自分に降りかかってくるんじゃないのかい？」

と栄が訊いた。

「呪いなんてない。けれど、自分が呪われてるって考えれば気持ちが悪いだろ？」

「悪い」

「呪いを信じてる奴は、もっと深刻だ。『自分は呪われてる。もうすぐ死ぬ』って気に病めば、本当に具合が悪くなる。そこから床に伏せて、食い物も喉を通らなくなり、本当に死んでしまうこともある。それが呪いの正体さ」

「あの……」ぬいは戸惑った顔で金魚の言葉を遮った。

「よく分かりませんけれど、お話を聞いていただけますか？」

「もちろんだよ」金魚は満面の笑みで言った。

「さぁ、寮へ行こう。そこでゆっくり話を聞くよ」

「絵具はよろしいので？」

ぬいは心配そうに言う。

「明日でも間に合うよ」

栄は言った。


蠟燭を明るく点した寮の部屋で、ぬいは身の上を語った。

「わたしには田中平七郎《たなかへいしちろう》さまという、将来を誓ったお方がいました。同じ長屋に住まいする、ご浪人でございます。近隣の子供たちに読み書きを教えて暮らしを立てて御座《おわ》しました。わたしも仕立ての仕事の合間にお手伝いをして、それが縁で将来は夫婦にという話になりました」

ぬいの顔がくしゃくしゃと歪んだ。

「その田中平七郎に、仕官の口が来たんだろう？」

金魚は煙管を吹かしながら言った。

「なぜ分かるのです？」

ぬいは目を見開く。開いた目から涙がこぼれ落ちたが——、急に落ち着きなく辺りを見回した。

「狐狸《こり》妖怪の類いに化かされているんじゃないよ。ちょいと推当《おしあ》てただけさ」

「推当——？」

「よくある話さ。その仕官、自分の家の娘婿になったらっていう条件付き。あんたは平七郎のためにと思って、泣く泣く身を引いた。けれど、日を追う毎に、平七郎が憎くなった。それで、思いあまって丑の刻参りってことじゃないのかい?」

「はい……。けれど、身を引いたのではなく、わたしは捨てられたのです。ある日、平七郎さまは突然姿を消してしまったのです。わたしも、長屋の人たちも必死で探しました。もちろん奉行所へも行方知れずの届けを出しました——」


平七郎が姿を消して数日後。ぬいは牛込五軒町の旗本の屋敷に仕上がった着物を届けた。

せっかく遠出をしたのだからと、ぬいは平七郎の姿を求めて武家地を歩いた。

この界隈にいるとは限らない。けれど、どこにいるのか分からないのだから、この辺りにいるかもしれない——。

藁《わら》よりも細い可能性に、ぬいはすがりついていた。

馬場の脇を抜けて、牛込水道町の方へ歩く。

前方から身なりのいい若侍がこちらに向かって来る。

「ぬい」

と声をかけられた。はっとして顔を上げると、若侍は平七郎であった。綺麗に月代《さかやき》を剃り、仕立てのいい羽織袴姿である。ばつが悪そうに顔をしかめていた。

「平七郎さま……。なぜここに?」

「お前や長屋の連中がおれを探し回っていると聞き、けじめをつけておかなければならないと思ってな」

偶然出会ったということではないようだった。自分が仕立物を届けに来るのを知っていて、頃合いを見計らい現れたのだとぬいは思った。

「けじめ……？」

「仕官が叶った。さる旗本の家に婿に入る」

「え……」

「お前との約束は反故だ。お前と所帯を持てば、おれはいつまでも手習師匠《てならいししょう》だ。だが、婿に入れば、お城にお勤めに出ることができる。おれの幸せを願うならば身を引け」

「そんな……」

「お前が仕官の口を紹介してくれるのならば、思い直してやってもよいが」平七郎は引きつった笑みを浮かべる。

「できまい？　ならば諦めよ。話はそれだけだ」

平七郎はそう言うと踵を返した。

「平七郎さま！」

ぬいは叫んで平七郎の腕を取った。

「未練だ」

平七郎はその手を振り払う。

「あっ」

ぬいは弾みで道に倒れた。

平七郎は冷たい目でぬいを見下ろした。

「元々、身分が違うのだ」

ぬいは、信じられぬ思いで平七郎を見上げる。

いつも優しい顔で子供たちや自分に接してくれていた平七郎ではなかった。

平七郎の目にはぬいを蔑むような表情があった。

平七郎はぷいっと背中を向け、歩き去った。

ぬいはのろのろと立ち上がり、着物についた土埃もそのままに家路を辿った。

あまりの衝撃に涙も出なかった。


「我ながら情けない話でございますが、わたしは平七郎さまを許すことはできませんでした」ぬいは膝の上で強く拳を握った。

「日に日に、平七郎さまを憎む気持ちが膨れあがっていきました」

「庶民の中で暮らさなければならないから、仕方なく好人物を演じていた。一人で暮らすのは大変だから、手近な女を娶《めと》ろう――。平七郎はそう考えたんだろうねぇ。ところが仕官の口が転がり込んで、化けの皮が剝がれちまった」

「不愉快な男だ」栄はぼそっと言った。

「あたしなら、木剣《ぼっけん》で闇討ちするね」

「おぬいさん。あんた、平七郎を殺さなきゃ気が済まないかい？」

「あたしは股ぐらを蹴り上げてやるかなぁ」金魚は言って、ぬいの顔を覗き込む。

「いいえ。丑の刻参りでも、平七郎さまの死を願ったのではありません。なにかしらの不幸が降りかかってくれればいいと――」

ぬいは俯《うつむ》きながら言った。

「それじゃあさぁ。あたしに手伝わせちゃくれないかい」

「え？」

ぬいは顔を上げた。

「人殺しは手伝えないが、一泡吹かせてやることなら手伝ってやろうって言ってるんだよ」

金魚はにんまりと笑った。

「あたしも一肌脱ぐよ」

栄は勢い込んで腕まくりした。

「あんたは仕事があるだろ。そっちを先に終わらせな」

金魚が言うと、栄は頬を膨らませた。

四

「——って訳で、田中平七郎って野郎を見《め》っけて欲しいんだよ」

金魚は言った。

汐見橋近く、橘町一丁目の町屋。北野《きたの》貫兵衛《かんべえ》の、仕事場兼用の家である。

「ずいぶんぼんやりした手掛かりしかないんだな」

貫兵衛は顔をしかめる。

「ああ。だけど、あんたや又蔵《またぞう》なら難なく見っけるだろ」

金魚は板敷で読売《よみうり》を摺っている男前に顎をしゃくった。

「手掛かりに、金魚姐さんの推当を聞きたいですねぇ」

又蔵は摺り上がった紙を紙挟みで梁《はり》に渡した紐に吊るす。

「まずは、平七郎がどこで仕官の口にありついたかだねぇ。手習師匠だから、人付き合いは少ない。ってことは、親の伝手《つて》かな。詳しい話は聞いてないから、ぬいに直接聞いておくれ。そこから手繰《たぐ》れば、婿入り先の家が分かる。とりあえず家臣として家に入れているか、婚礼までは外に置いているか——」

「まぁ婿入り先の家が見つかれば、あとは聞き込みで平七郎の行方はわかりやすすね」

又蔵は肯いた。

「じゃあ、頼むよ」

金魚は立ち上がった。

「次はどちらへ？」

「真《ま》葛《くず》婆ぁん家《ち》。それからぬいの長屋の大家のところ。あとは長屋の連中とも話を合わせておかなきゃならない」

「どんな仕掛けをするんだ？」

貫兵衛は、三和土に下りた金魚に訊く。

「手筈が整ったら教えてやるよ」

金魚は草履を履く。

「しかし、女はおっ怖《か》ねぇですね。振られたくれぇで丑の刻参りなんて」

又蔵は版に墨をのせながら苦笑する。

「男の方がおっ怖ないよ。手前ぇの勝手で許婚《いいなずけ》を気軽に捨てることができるんだからね」

金魚に冷たく言われ、又蔵は首をすくめた。


数日後、金魚の家に貫兵衛、又蔵、真葛が集まった。

「田中平七郎は、芝源助町の仕舞屋《しもたや》に住んでいやす」

又蔵が言った。

「へぇ。御屋敷には入っていなかったかい」

金魚が肯く。

「へぃ。芝愛宕下の大身旗本大橋《おおはし》さまに婿入りの準備が進んでいるようですが、婚礼前に家には入れたくないってことのようで」

「大橋と平七郎の関係は？」

「平七郎の死んだ父親ってのが、剣術道場で大橋さまの兄弟子だったという話でござんす。平七郎の父親は、さる御家中の江戸詰で、平七郎がまだ幼い頃に詰め腹を切らされて浪々の身となったって話で」

「親父が浪人になったのは平七郎が物心つく前かい？」

「いえ。十歳にはなってたようで——。それで、大橋さまの三女がこれらしくって」

又蔵は片手で腹が膨れているという動きをする。

「で、田中平七郎に声をかけたってことらしいんで」

「ほかの男の胤《たね》を宿していることに目をつぶり婿に入れってことかい。なるほど身分が同じくらいの家にはできない相談だね。浪々の身の平七郎ならば受けると思ったか。自分以外の男が孕《はら》ませた子の親になる代わりに、お城に仕事を与えてやるって言われれば、いい暮らしも知っている平七郎なら飛びつくだろうね」

金魚は鼻に皺を寄せる。

「まぁ、仕官と身分の違う女を天秤に掛けりゃあ、女の方が転げ落ちるだろうな」

「あんたも仕官を選ぶかい？」

金魚がにやにやと訊く。

「天秤に掛けるような女がいない――。たとえ話で、そうなったとしたら、おれは女を選ぶだろうな。城に勤める侍の嫌なところは山ほど見てる」

貫兵衛が言う。

「まぁ、侍に限らず――」又蔵が言う。

「なんでもかんでも、女は我慢しろっていう世の中でござんすからね」

「だから、丑の刻参りなんてことをする女が出てくるんだよ」

栄が吐き捨てるように言った。

「出刃包丁を持ち出すよりずっとましでござんすがね」

又蔵が言う。

「出刃包丁を持ち出すより、ずっと悲しいよ」

金魚は煙管に煙草を詰めた。

「それで、どうする？」

真葛が訊いた。

「ぬいの溜飲を下げさせてやるのさ」

「どうやって？」又蔵が訊く。

「相手は大身旗本の婿どのですぜ」

「まだ素浪人だよ。ぬいと縁を切りたいんなら、それなりの手切れ金を払わなきゃね」

「金を強請《ゆす》り取ろうってんで？」

「そんな野暮なことはしないさ」金魚は天井に向かって煙を吹き上げた。

「長屋の大家にも店子にも話はつけてある。あとはぬいと打ち合わせなくちゃね。長屋じゃ狭いから、お栄、あんたの画室を借りるよ」

金魚は煙管の灰をぽんと落とした。


夕刻、薄く広がった雲が夕陽に染められている。長い影を曳きながら、一人の老婆が芝源助町に建つ一軒の仕舞屋の前に立ち止まった。

ぼろぼろの藍染めの野良着のようなものを着て手《て》っ甲《こう》、脚半《きゃはん》。笈《おい》を背負い、捻《ねじ》れた木の杖をついた老婆である。頭には薄汚い頭巾。胸には結袈裟《ゆいげさ》が下がっている。

後ろから鳥追笠《とりおいがさ》をかぶった若い女がついてくる。粗末な格子縞の着物に結袈裟、老婆と同じような笈を背負っていた。手っ甲脚半の旅姿である。

旅の市子《いちこ》（いたこ）とその弟子に化けた真葛と金魚であった。

真葛は無遠慮に引き戸を開けて、土間に入った。以前は小間物屋であった家で、土間の向こうは板敷である。そこに人影はなかった。

「たのもう」

真葛は奥に声をかける。

返事はない。

「たのもう！」

大きな声で言う。

「はい」

微かな返事があり、板敷に出て来たのは老爺であった。平七郎の使用人であろうと真葛は思った。

老爺は真葛と金魚のいでたちを見ると顔をしかめた。

「この家《や》の主はおるか？」

真葛は言った。

金魚は土間の隅に控えて黙っている。

「物乞いならば帰れ」

老爺は追い払うように手を振る。

真葛は意に介さずに言う。

「今、この家の前を通りかかったところ、若い娘の幽霊を見た。悪い霊だ。名を尋ねると『ぬいでございます』と答えた。その名に心覚えがあるのならば、わしの話を聞かぬと損をするぞと伝えて参れ」

ぬいという名を聞いて老爺の顔が強張った。どうやら平七郎とぬいの関係を知っているようである。

「しばし待て……」

老爺は慌てて奥へ走った。

すぐに、若い侍が急ぎ足で現れた。細面で、なかなかいい男である。おそらく、髪結いが毎日か一日置きには来ているのだろう。頬も顎も月代《さかやき》もつるりと剃られていた。上等な着物を纏《まと》い、白い足袋《たび》を履いている。大橋家からだいぶ金をもらっているようだなと真葛は思った。

「ぬいがどうした？　お前はなぜぬいを知っている？」

平七郎が言った。

真葛は舌打ちをして顔をしかめてみせた。

「さっきの爺ぃに言うた。家の前に娘の幽霊が立っていた。名を訊いたらぬいと答えた」

「幽霊？　生き霊か？　死霊か？」

平七郎は青くなる。

「死霊だ――。どうやら、お前はぬいという名に心当たりがあるようだな」

「ぬいは死んだのか？」

「死霊だと言うたであろう。水の中で死んだようで、びしょ濡れであった——。お前の名は田中平七郎というのか？」

「そ、そうだが、なぜ知っている？」

平七郎はぎょっとした顔になる。

「ぬいの幽霊が、田中平七郎に用があると言うておった」

「どんな用だ？」

平七郎の声が震える。

「知らぬ。お前に直接話すと言うておった」

真葛がそう言った時だった。

「だ、旦那さま！」

と老爺が板敷に駆け込んだ。そして、平七郎の手を取って、次の座敷に引っ張って行く。

「なんだ……、これは」

平七郎は座敷の畳を見て絶句する。

座敷の真ん中に小さな水溜まりができていた。

「ここに控えておったのですが、首筋にぽたりと冷たいものが落ちてきて、振り返ると、水が溜まっておりました……」

平七郎と老爺は震えながら板敷に入った。

「もう入って来たか」

真葛は言った。

「どうすればいい？」

平七郎が言った。

「調伏《ちょうぶく》してしんぜよう」

真葛がそう言うと、急に平七郎は疑わしい表情になった。

「ぬいが死んだのが本当か確かめる」

「仕掛者（詐欺師）だと疑っておるのか？」真葛は呆れた顔をする。

「ならば、もうよい」

ぷいっと顔を背けて出口へ歩く。金魚も続く。

「待て、待て」平七郎は土間に飛び下り、真葛を止めた。

「喜八《きはち》がぬいの長屋へ行って真偽を確かめるまでここにおれ」

と、真葛を板敷に座らせる。

「疑われるのは不愉快だ」真葛はぶつぶつと文句を言いながら座る。少し離れて金魚も座った。

「待たせるならば般若湯《はんにゃとう》（酒）でも持って参れ」

老爺――、喜八は奥から通い徳利と湯飲みを持って来て真葛の横に置くと、平七郎に「行って参ります」と言って外に出た。

板敷は薄暗くなってきたので平七郎は「どこへも行くなよ」と言い、奥へ燭台を取りに行った。

明かりを点すと平七郎は少し落ち着いたようで、ほっとしたような顔で真葛の近くに座った。

真葛は二つ置かれた湯飲みの一つに酒を注ぎ口に運ぶ。金魚は弟子という設定であったから、勧めなかった。

気詰まりな時が流れた。

ぬいが死んだ――？

平七郎は唇を噛む。

幽霊はずぶ濡れだったというから、きっと入水自殺をしたのであろう。

だとすれば、原因は自分だ――。

だが、なにも死ぬことはなかったのだ。別の男を見つければいいだけの話ではないか――。

迷惑な話だ――。

平七郎がぬいに対する恨み言を心に思い浮かべていると、
どんっ！

と天井で音がした。

平七郎は飛び上がって驚き、天井に顔を向けた。

金魚は俯いて笠で顔を隠し、笑いを堪える。

『沈黙が続けば、平七郎はぬいへの恨み言を考えるだろうから、音を立てて脅かしてやりな』

そう又蔵に命じていたのである。畳の上の水溜まりも、もちろん又蔵の仕業だった。

これから先、真葛の調伏の儀式が終わるまで、貫兵衛と又蔵が〝怪異〟を起こし続ける手筈になっていた。

「今の音はなんだ……？」平七郎は天井を見つめたまま言う。

「この家には二階はないぞ……」


どたどたどたどたっ！


天井裏を走るような音がした。

又蔵が梁の上を走りながら、タンポのついた棒で天井板を叩いているのである。

「ぬいが……、走っている……」

平七郎は膝で真葛ににじり寄った。

小汚い格好をしているのに香の薫りがした。真葛がいつも着物に焚きしめている香の薫りであったが、平七郎は加持祈禱《かじきとう》に使う抹香《まっこう》の匂いであろうと思った。

「平七郎さま……」

微かな女の声。口の中に水が満ちたような響きである。

隣の座敷で栄が口に水を含んで喋っているのだ。

その様子を想像して、金魚は笑い出しそうになった。

金魚が顔を俯かせ、口元を手で覆って体を震わせているので平七郎は怯えた顔になる。

「どうした？　具合が悪いのか？」

「この娘は依代《よりしろ》でな。体に霊が降りやすい。ぬいの霊が入りかけているのやもしれんな」

真葛は言って、金魚の背中を強く叩いた。

「まだ、まだ。まだだぞ。喜八が帰って来てから調伏を始めるからな」

「はい……失礼しました……」

金魚は痛さを堪え、笠の下から平七郎に気づかれぬように真葛を睨んだ。

「平七郎さま……」

女――、ぬいの霊を演じる栄の声は途切れ途切れに続く。そして、湿った足音。

貫兵衛が濡れ雑巾で畳を叩いているのだ。

足音は隣の部屋をぐるぐる廻る。そして時々、襖にどんっとぶつかる。

そのたびに、平七郎は体を震わせ、ついには泣きそうな顔になった。

「お前は武家であろう。音くらいで怯えるでない」

真葛が叱る。

「剣の勝負ならば、いくらか心得もあるが、刃で斬れぬモノが相手では為す術がないではないか」

平七郎は半ば泣き声で言う。

「わしを信用してすぐに調伏をさせればよかったのだ」

「今すぐにでも調伏を」

平七郎は真葛の袖を摑んだ。

「ならぬ。お前はぬいの生死を確かめてからと言うた。わしを信じなかった罰だ。もうしばらく怖がっているがよい」

真葛がそう言った時、平七郎は「ひっ！」と小さな悲鳴を上げて身を縮め、首筋を掌で拭い、天井を見上げた。

冷たいものが首筋に滴ってきたのだった。

又蔵が天井板の隙間から、手拭いに染み込ませた水を滴らせたのである。平七郎が見上げた時には隙間を閉じていた。

天井に雨漏りの跡はない。どこから水が落ちてきたのか分からず、平七郎は唇をわななかせた。

喜八はなかなか帰って来ない。

異様な物音はずっと続き、時折、平七郎を呼ぶ声が囁かれた。

平七郎は途中から耳を塞ぎ、板敷にうずくまった。そのうち、鼾をかいて眠り始めた。

「怖くても眠れるものなのだなぁ」

真葛は金魚に囁く。

「夜中に胸が苦しくて目が覚めると、亡魂が胸の上に座ってた。恐くて身動きも取れなかったけど、いつの間にか眠ってしまったなんて話は掃いて捨てるほどあるよ」

金魚は返した。

「そういう話は知っている」怪異を集めることを趣味にしている真葛は不機嫌そうに言う。

「目の前で見るのが初めてだから感心していたのだ」

栄、貫兵衛、又蔵は平七郎が寝てしまったのを知ると、怪異を演じるのを休んだ。

喜八が帰って来たのは深夜であった。

栄たちは、また怪奇な物音を立て始める。

戸を開ける音で飛び起きた平七郎は、ずっと起きていたような顔で、

「待ちくたびれたぞ。どうだった?」

と訊いた。

「酷い目に遭いました」喜八は苦笑いして土間に膝をつく。

「長屋へ行ってぬいのことを聞いた途端、『お前は田中さまの使用人だな？』って凄い剣幕で訊かれました。惚《とぼ》けたんですが、長屋の者たち全員に取り囲まれて、『おぬいさんが大川へ身を投げたのは田中さまのせいだ』と詰め寄られ、『田中さまはどこにいる？』と、責め立てられました。それで、ぬいが住んでいた部屋に連れて行かれ、『田中さまの居所を言うまでは帰さねぇ』と、閉じ込められたんですが、なんとか隙を見て逃げ出して参りました」

「うむ……。ぬいは大川に身を投げたか……」

平七郎は唇を噛む。

「余計な手間であったな――。では、調伏を始めるぞ」

真葛が言うと、金魚は半間（約九〇センチ）ほどの間隔を空けて向かい合った。

真葛は懐から数珠《じゅず》を取り出し、両手で揉むようにして祭文《さいもん》を唱える。

「だれのみちよぶや　おおかわにみをなげし　ぬいのみちよぶや――」

合掌する金魚の体が前後に揺れ始める。

そして、

「平七郎さまぁ……」

と、金魚の口から囁くような声が流れ出す。

それが合図であった。

襖ががたがたと鳴った。

平七郎は板敷の端、土間の際まで這いずって逃げる。

すうっと襖が開く。

そこに白装束を纏ったぬいが立っていた。

貫兵衛が襖の陰に隠れて、青い紙を張った龕灯《がんどう》でぬいを照らしている。

青い微光を浴びて、ぬいは恨めしそうな顔を平七郎に向ける。

「平七郎さま……。ぬいでございます……」

喜八は土間に逃げた。戸に手を掛けたが、思いとどまる。外へ逃げ出せば、事が収まった時に平七郎に酷く叱られるだろうと思ったからだった。

「ぬい……。なぜ自害などした。おれのことは忘れて己の幸せを探せばよかったではないか」

平七郎は責めるように言った。

「恨み言を言おうにも行方が分からず、愛しさと憎しみがない交ぜになって、どうしようもなくなったのでございます。平七郎さまは、あまりにも身勝手でございます」

「おれを取り殺すつもりか？」

「そのつもりでございます。喉を食い破り、手足をばらばらに引きちぎって差し上げましょう」

「そうはいくか！　お前は今から調伏されるのだ！」

平七郎は引きつった笑い声を上げる。

「その老婆がわたしを調伏するというのですか？　小賢しい。わたしには幾柱もの強い怨霊が味方についております」

ぬいが言った途端、天井裏の又蔵が、蠟燭の火に水滴を落とした。

灯火が消えて板敷は真っ暗になった。

青白い龕灯に照らされたぬいの姿だけがぼうっと浮き上がっている。

闇の中に真葛と金魚の絶叫が上がる。

「ど、どうした？」

平七郎は慌てる。

同時に、幾つもの手が平七郎の体を摑む。

「わっ！」

平七郎は暴れてその手から逃れようとしたが、紐のようなもので体を雁字《がんじ》搦《がら》めにされ、動きがとれなくなった。土間から喜八の悲鳴が聞こえ、すぐに静かになった。

「喜八！　どうした？」

返事はない。

隣の座敷からぬいがゆっくりと板敷に出て来る。

貫兵衛は龕灯の蓋を閉めて光を遮断する。

同時に、土間に下りた金魚が正面からぬいを照らす。又蔵が天井裏から飛び降りて、濡らした手で平七郎の頭を押さえた。ぬいに顔を向けさせ、土間の金魚の姿を見せないためであった。

「大川の水底《みなそこ》で知り合《お》うた怨霊の皆さまの力に、旅の拝み屋風情が敵《かな》うわけはございません」

ぬいはにやにや笑いながら、平七郎の前にしゃがみ込んだ。

「許してくれ……」

平七郎は泣き出した。

「やっと謝りましたか」

「謝って許してくれるなら、いくらでも謝る！　おれが悪かった。おれが身勝手だった！　だから、殺さないでくれ！」

「ここで許せば、大橋家の婿になり、自分だけ幸せに暮らすつもりでございましょう？」

「それは……」

「大橋家があなたさまを婿に迎えるのは、跡継ぎの父親が欲しいから。そしてあなたさまは、次は自分の胤の子を生ませ、そちらを跡継ぎにしようと考える。浅ましさの連鎖は続くのです」ぬいは顔を平七郎に近づけてにっと笑う。

「跡継ぎができなくなるよう、ここを引き抜いてさしあげましょうか」

ぬいは平七郎の股間をぐいと握った。

平七郎は情けない声を上げて、太股を強く閉じる。

「こんな男だと知っていれば、心も体も許すことはなかったでしょう。口惜しい」

ぬいは手に力を込める。

「やめてくれ……」

平七郎は鼻水を啜り上げる。

「情けない男」

ぬいはすっと手を引いて立ち上がった。

「こんな男でも、殺せば地獄でのお裁きは厳しいものになりましょう。わたしが損をしないために生かしておきましょう」

「ありがたい……。お前の回向《えこう》はしっかりとする」

「無用です」ぬいは厳しい口調で言う。

「あなたさまになど、拝まれたくもございません。わたしの墓参りなどすれば、土の下からあなたさまを引きずり込みますよ。わたしの墓には近づかないように」

「分かった……」

「長屋にも近づかないように。長屋の皆さまは、あなたを憎んでおります」

「分かっている」

「あなたさまを憎みながら大川に身を投げた女がいたことを、生涯お忘れにならないように。もしも忘れれば、わたしが思い出させに参上いたします」

「分かった。けして忘れぬ……」

その言葉を聞き、ぬいは溜息をついた。

「喉元過ぎれば熱さを忘れる。あなたはきっと、同じようなことを繰り返します。まぁ、それも業でございましょう」

「そんなことはない――」

「いえ」ぬいはゆっくりと平七郎の首元に手を伸ばした。

「浪人の頃は、わたしを娶って己の暮らしを楽にしようとし、大橋さまから婿の話があれば、すぐに乗り換える。次はなんでございましょうね」

ぬいの指が平七郎の首筋に置かれた。

貫兵衛から教えられた頸動脈の位置である。ここを押さえれば、人はすぐに気を失う。柔術でいうところの〝落ちる〟という状態で、脳への血流が一時的に止まるために起こる。

数を五つ数えるうちに平七郎の体から力が抜けた。

板敷に蠟燭が点された。

貫兵衛が、気を失った平七郎の体を縛った紐を解いた。

又蔵が、平七郎同様に気を失った喜八のそばを離れる。

ぬいは平七郎のそばに膝を突き、じっとその顔を見つめていた。

「もういいかい？」

金魚はぬいの肩に手を触れる。

ぬいはこっくりと肯く。

「なんでこんな人を好きになったのでしょう」

「さあねぇ。意地悪な言い方をすれば、あんたがこいつの本性を見抜けなかったからだろうね。こいつが侍を捨てきっていりゃあ、もしかしたらあんたを選んでいたかもしれないけど――。まぁ、人の心なんてのは、ころころと変わるものさ。自分でも気づかない本質を隠して暮らしている。あんただって、こいつに袖にされてなきゃ、丑の刻参りなんて考えもしなかっただろう」

「そうですね」ぬいははっとした顔をした。

「この人の幸せよりも、無惨な死を望みました」

「それでも、これで溜飲が下がったであろう」真葛が笈から紙と矢立を出す。

「この男を殺さずに済んで万々歳だ」

「はい。お陰さまでございました」

真葛は肯いて平七郎への置き手紙を書く。

ぬいの霊の調伏はできなかったが、お前が約束を守る限り、障りは起こらないという内容である。

「人の心の残酷さを知り、己の心の残酷さを知った。いい経験だったね。あたしも勉強になったよ」

金魚は、真葛が置き手紙を平七郎のそばに置いたのを見て「さぁ帰ろうか」と言った。

五

金魚が長屋に戻ったのは、明け方近くであった。
木戸の前に立つと、自分の部屋の腰高障子に明かりが透けている。
誰だ――？
金魚は眉をひそめる。
もし、なにか厄介なことを考えている奴ならば明かりは点さない。
勝手に部屋に上がり込みそうな奴らはさっきまで一緒だったけど、まだ何人かいる。
金魚は自分の部屋の前に立ち、からりと障子を開けた。
行灯を点し、火鉢を股に挟んで、本能寺無念が座っていた。
「よぉ。お帰り」
無念は言った。
「いつからいたんだい？」
座敷に上がると、無念が火鉢を金魚の方へ押した。
金魚は火鉢を抱えるようにして冷えた体を温める。

「暮れ六ッをちょっと過ぎた辺りからかな」

「なんで？」

「うん——」無念はちょっと困ったような顔をした。

「今回の件にお声がかからなかったからさ」

「ちゃんと話したじゃないか。男手は貫兵衛と又蔵で足りるって」

「うん——」無念は少し迷って口を開く。

「気がつかないうちに、お前の気に障ることをして、また嫌われたんじゃないかと思ってさ」

「そんなんじゃないよ。あんた、天井裏を音を立てずに素早く動けるかい？」

「動けない」

「適材適所なんだよ」

「なんか、手伝いたかったんだよ」

無念は口を尖らせる。

「ばかだねぇ」金魚は笑みを浮かべながら溜息をつく。

「だったら、見張りでもいいから手伝いたいって言えばよかったじゃないか」

「言えば、見張りをさせてくれたか？」

無念は金魚に目を向ける。

「ああ。頼んだよ」

「そうか。嫌われたんじゃなかったんだ」

「当たり前だよ」

「安心した」無念はにっこり笑って立ち上がる。

「それだけ確認したかったんだ」

「帰るのかい？」

金魚は無念を見上げる。そして何か決心するかのように間を空けて、

「もうすぐ夜が明けるよ。泊まって行きなよ」

と言った。

金魚と無念の視線が絡み合った。

「いや」

無念は言った。

またかい――。

金魚の腹に熱い怒りが膨れあがったが――、無念は金魚の前にしゃがみ込んだ。

「こういうやり取りで喧嘩にならねぇ簡単な方法を思いついたんだよ」

「なんだい……？」

「金魚。おれと所帯をもとうぜ」

金魚の頭に一気に血が上ったが、寒い中を歩いて来たのですでに頬は真っ赤だった。

「返事は？」

「あたしは女郎だったんだよ」

金魚は無念の目をしっかりと見ながら言う。一片の嘘も見逃さないように。

「なにを今さら。そんなこたぁ知ってるよ。気にしちゃいねぇよ。気にしてるのはお前《め》ぇの方だろうが」

言われて金魚ははっとした顔をした。

「最初、お前ぇがいいなって思い始めた時は、おれなんか遊廓でさんざん男を見てきたお前ぇのお眼鏡にかないっこねぇと思った。けれど、だんだんに、お前ぇが前身に引け目を感じてるんだろうなとか、さぞかし客らに酷い目に遭わされて、男を信じられなくなってるんだろうなとか。おれがお前ぇを好きだと言ったら、元女郎だと思って軽く見てると思わせるんじゃねえかとか。そんなことを考《かんげ》ぇると、どうやって切り出したらおれの本心を分かってもらえるだろうかって――。だからおれは今までぐずぐずしてたんだよ」

「うん――。大切に考えてくれてありがとうよ」

「そんなことはいいから、返事は?」

無念は真剣な顔で訊く。

金魚は恥ずかしそうな笑みを浮かべて、もじもじと体を動かした。

なんだろう、この気分は――。

遠い遠い昔に、微かに感じたような気がする。感じた途端に、必死で押し込めた感情――。

遊廓に出入りしていた棒手振《ぼてふり》の若い男。台所に魚を売りに来ていた男の、はだけた着物の胸元から覗く、肉付きのいい胸――。

ああ、あの頃からあたしは自分の感情を心の奥底に押し込めていたのだ。

叶わぬ思いにのめり込んでしまわぬように――。

本気になって、男に騙されぬように――。

無念の気持ちは分かっていたけど、自分自身に対して気づかないふりをしていた。

無念はいい男だ。いい男には、元女郎なんかじゃなくて、まっさらな娘の方がよっぽどお似合いだと思った。

自分の方から言い寄ったら、元女郎の嫌らしさを感じ取られてしまうんじゃないかと恐かった。

無念に嫌われてしまうかもしれない――。

だったら、いっそのことこのままの距離でいた方が、いつまでも〈仲のいい金魚〉のままでいられる――。

だって。旅先で同室を求めたら、お前、断ったじゃないか――。

「なぁ、金魚よう」無念は懇願するような目で金魚を見る。

「らしくねぇぜ。手前《てめ》ぇの色恋のことになると、途端におぼこ娘になる。苦界《くがい》で暮らしていて本当の色恋、おぼこ娘の恋をする機会を失ってたってぇんなら、おれと一からやり直そうぜ」

金魚は無念の目をしっかりと見つめながらこっくりと肯いた。

同室を断られてすごく恥ずかしかった。無念を臆病者とも思った。そう思う自分が、元女郎の自分が、嫌らしく感じられた——。

けれど、無念が同室を断ったのは、あたしのことを大切に思ってくれたからだったんだ——。

この金魚姐さんがそこまで推当てできなかった。人の心ってのは、推当だけじゃ計り知れないところがある。一緒に歩いて初めて分かることもある——。

「うん」その返事が素直に出た。

「お互いの桶の水の量を覗きながらね」

無念は長く息を吐いて肯いた。

「ああ……。やっとすっきりした。ちゃんと口に出して話さなきゃ、分かり合えねぇもんだな」

「言わなくても分かるなんて思い上がりだね」

「おれはこれから何でも言うから、そのたびに怒るんじゃねぇぜ」

「そっちこそ、変な気を回していじけるんじゃないよ」

「だから、気を回す前に言うことにするって」

無念は三和土に下りた。

「もう夫婦《めおと》になるって約束したんだから、泊まって行きなよ」

「祝言《しゅうげん》を挙げてからだ」

「そんな固いこと言ってないでさ」

金魚が口を尖らせるので、無念は草履を突っかけながら、

「言いたいことを言えば、絶対にぶつかる。その時はどっちかが折れなきゃならねぇ。次はおれが折れてやるから、今回はそっちが折れな」

「いじわる」

金魚は膝を崩し、袖を振る。

「いじわるじゃねぇよ。おれはお前ぇを大切にしてぇから言ってるんだ。おれは、今までお前ぇに惚れた男たちがしなかった方法で、お前ぇを大切にする。祝言を挙げて、仲間たちに祝われたあとに――」

無念は言葉を切って顔を真っ赤にした。

「だからよう、今夜は帰《け》ぇるぜ」

早口に言って無念は腰高障子を開け、出て行った。

金魚は乱暴に閉められた障子をしばらく見つめていた。自然に頬が緩む。

金魚は自分の胸を抱き、体を左右に揺すりながら、隣近所に聞こえないように忍び笑いを続けた。

生まれてから今までで一番幸せな一時《ひととき》であった。

雪女郎　凍《いて》月《づき》の眠り

一

吹雪《ふぶ》いていた。時折、目の前の景色さえも見えなくなる。

風が巻くようにあちこちから吹くものだから、右から吹いていたと思うと次の瞬間、左から吹きつける。

薬楽堂《やくらくどう》の主《あるじ》、短右衛門《たんえもん》の娘のけいは、風に抗して前のめりになりながら歩いていた。切妻屋根のような形をした藁《わら》のほくそ頭巾の前を、内側から摑んで風が吹き込まないようにしている。

場所は三河町。けいの家のすぐ近くで町中であるのだが、時々、近くの家も白い幕の向こうに消えた。

ほくそ頭巾にも、体を覆った蓑《みの》にも雪が積もるので、身震いをして振り落とさなければならなかった。足には藁の雪靴を履き、中に紙で包んだ唐辛子を入れていた。唐辛子は足の血行をよくして霜焼けを防ぐのである。借りた大人用のであったから隙間には丸めた手拭いを押し込んである。蓑も大人用で、藁束が歩いているようだった。

できるだけ家の側を歩いているからその間は風と雪を防げるが、小路にさしかかると、目の前に真っ白い壁のようになった吹雪が猛烈な勢いで行き過ぎる。

けいは風の勢いが弱まるのを待って、小路を渡るのだった。

先生の家から一丁（約一一〇メートル）も進んでいなかったが、ついさっきまで冷えて痛みを感じていた頬も手も感覚がなくなっていた。

もう少しで家である。

着いたらば、火鉢に抱きついて、思う存分暖をとってやる――。

瞬きするたびに睫毛《まつげ》が凍りつく。張りついてしまわないように、けいは何度も瞬きを繰り返した。

けいは迷った。もうすぐ家だが、きっと先生は心配してあとを追って来ているだろう。ここで先生が来るのを待つか、それとも家へ急ぐか――。

風が止む。

目の前を猛烈に吹き過ぎていた吹雪の壁がすうっと消えた。

降りしきる雪の中に女が立っていた。

頭に載せた白無地の手拭いの端を口にくわえ、袂《たもと》に入れた手を胸元で交差させている。

着物は白。吹雪がそのまま形になったような白に見えた。


「ひゃあ、酷い吹雪だよ」

大きな声を上げて、金魚《きんとと》が薬楽堂の土間に転がり込んだ。軒下で落としきれなかった雪を手拭いで払い落とす。

今日のいでたちは、引鶴《ひきづる》の柄の着物に、上《のぼ》り簗《やな》の刺繡の帯。煙草《たばこ》入れは桃色の革に諸子《もろこ》（小型の淡水魚）の前金《まえがね》である。

「ほんとだ」松吉《まつきち》が外を覗いて言う。

「これじゃあお客さんは来ませんよ」

「そう言ってまたさぼろうとする」短右衛門は帳場で眉をひそめた。

「吹雪はいつまでも続きやしないよ」

松吉は肩をすくめて土間に置いた床几《しょうぎ》の、竹吉《たけきち》の横に座る。

「空の様子からすると、吹雪は収まっても雪は降り続きそうだよ」

金魚は板敷の縁《へり》に腰を下ろし、帳場の短右衛門と後ろに控える清之助《せいのすけ》、床几の竹吉、松吉を見る。

「どうしました？」

清之助が訊く。

「無念《むねん》の奴、言ってないんだね」

金魚の顔が険しくなった。

「なにをです？」

短右衛門が首を傾げた。

「松吉！　無念と大旦那を呼んで来な！」

金魚は鋭く言った。

松吉は金魚の剣幕に、床几から飛び上がって通り土間に走った。

「なにがあったんです？」

清之助が金魚の側に来て座る。

「無念が来たら、教えてやるよ」

金魚はつんけんした口調で言って、煙草盆を引き寄せ、煙管《きせる》を吸いつけた。

ばたばたと二人分の足音がして、最初に長右衛門《ちょうえもん》が慌てた様子で、次いで無念が肩をすぼめるようにして店に出て来た。

「なにがあった、金魚？」

長右衛門は清之助を追い払うようにして金魚の横に座った。無念はその後ろに正座して、上目遣いに金魚を見る。

「やい、無念！　どういうつもりだい！　みんな、なにも聞いちゃいないいじゃないか！」

金魚は怒鳴った。

「いや……、その……。なんだか照れ臭ぇじゃねぇか」

無念は頭を掻く。

「なに言ってんだい！　大切なことだから、ちゃんと言いなよって念を押しただろ！」

金魚は平手で板敷を叩く。

「なにがどうしたってんだ」長右衛門が眉をひそめる。

「ちゃんと筋道立てて言ってみな」

「筋道もなにも。無念とあたしが祝言《しゅうげん》を挙げるって簡単な話だよ」

金魚が言い終える前に、薬楽堂の面々は異口同音に素っ頓狂な声を上げた。

「えええっ！」

「なんだい、なんだい、なんだい！　あたしと無念が祝言を挙げるってのが、そんなに意外かい！」

金魚は板敷をばんばんと叩く。

「いや、意外じゃねぇがずいぶん急だと思ってよ」

長右衛門が少し狼狽《うろた》えながら言う。

「急じゃないよ。丑《うし》の刻参《こくまい》りの件が落着した夜、無念から言い出したんだよ」

「無念が？」

長右衛門が言い、薬楽堂の面々の目が無念を向く。無念は小さくなる。

「丑の刻参りの件が落着したのは、五日も前だぜ」長右衛門は呆れ顔で無念を見た。

「それからずっと言い出せずにもじもじしてたのかい」

「ほんとにだらしない！」

金魚は苛々と、二服目の煙草を詰める。

「そういうところが無念さんのいいところですから」

清之助が助け船を出すが、金魚はきっとそちらに目を向けて、

「清之助。どこがいいのか言ってみなよ。照れて重要なことを言い出せないのは、迷惑以外のなにものでもないだろ」

「いや……、それは……」

清之助は口ごもった。

「祝言の手筈が進んでる頃だろうと来てみればこれだ」

金魚は無念に煙を吹きかけた。

無念は顔を上げて、にっと笑った。

「なにを笑ってるんだよ！」

金魚は乱暴に煙管で灰吹きを叩く。

「いや、それだけ怒ってても、祝言はなしだって言い出さねぇって思ってさ。ほっとしてるんだよ」

「う……」

金魚は言い返せずに言葉を詰まらせた。

薬楽堂の面々は、珍しいものを見るように、金魚に目を向けた。

「ってことだから」金魚は咳払いする。

「祝言の手筈を頼むよ」

と言って外に目をやる。吹雪はまだ収まっていない。

「まぁ、これでみんな知ったことだし――」無念は言って立ち上がる。

「雪はまだ止まねぇだろうし、おれの部屋で一杯やらねぇか？」

金魚はなんと返したらいいかと考える。あまり間を空けると、無念に一本取られたと思われてしまう。

「祝言のことを言わずにいたお詫びだってんなら、つきあってやろうじゃないか」

金魚は板敷に上がる。松吉と竹吉がにやにやしながらこちらを見ているのに気づいた。

金魚はさっと土間に下り、二人の頭をぱんと叩くと、板敷に戻り、あかんべぇをして奥へ入った。

店の方から上がる笑い声を、金魚は照れたような笑みで聞きながら、無念の部屋に向かった。


主導権を握ったかに見えた無念であったが――。

散らかった紙屑を足で除《の》けて金魚と自分が座る場所を作り、差し向かいで酒盛りを始めても、どうにも気詰まりで話が続かない。

「ちょっと待ってな」

と、無念は立ち上がり、店から長右衛門を引っ張って来た。

金魚は湯飲みの酒を啜りながらくすっと笑う。

「なんだねぇ。二人っきりになるのが苦手なんだったら、まだ夫婦《めおと》になるのは早いかねぇ」

「まだお前《め》ぇが怒ってるようだからよぉ。助っ人を呼んで来たんだよ」

無念は棚の湯飲みを取り、中の埃を息で吹き飛ばし、長右衛門に渡して通い徳利から酒を注いだ。

「これからが思いやられるぜ。夫婦喧嘩のたんびに呼ばれたんじゃかなわねぇ」

長右衛門はしかめっ面で湯飲みを口に運ぶ。

「そう言うなよ。祝言の手筈を相談しようぜ」

無念が、薄暗くなった部屋に行灯《あんどん》を点《とも》し、おもねるように言った時である。

店の方が騒がしくなった。

ばたばたと足音がして、清之助が声もかけずに襖を開けた。

「大変でございます！」

清之助の後ろには短右衛門と妻のきさ、見知らぬ総髪の若い男が強張った表情で立っていた。

「なんでぇ、騒々しい」

長右衛門が咎《とが》める。

清之助は「わたしは店の方へ行っております」と短右衛門に言い、ついて来ていた竹吉、松吉を追い立てるようにして店へ戻る。

短右衛門ときさ、若い男は無念の部屋に入って紙屑の上に座った。

「けいが行方知れずになりました」

短右衛門は青い顔で言った。

「なんだってぇ！」

長右衛門、金魚、無念は驚きの声を上げた。

「永山良順《ながやまりょうじゅん》先生のところから帰る途中で行方知れずになったんです」

きさは泣き出した。

「順を追って話せ」

長右衛門は言った。

「おけいは夏の終わり頃から良順先生に蘭学を習いに行っていました」

きさは手拭いで涙を拭きながら言う。

「わたしが良順です。三河町二丁目に住んでおります。弟子はとっておりませんでしたが、おけいさんに是非ともと頼まれましまして」

若い総髪の男が言った。

きさが続ける。

「今日も先生のところへ習いに行く日でした。朝のうちは雪も小降りで、おけいは傘を差して出かけました。わたしは深川に用がありましたので、使用人を二人連れて出かけました。家には爺《じい》やを留守番に置きました」

「いつも一刻《いっとき》（約二時間）ほどの講義でしたが、半刻ほどで雪は本降りになってまいりました。おけいさんは、降りが酷くなる前に帰ると言いまして……。お家の方が迎えに来るまで待った方がいいと言ったのですが――」

良順は唇を嚙む。

「おけいちゃんは、おかみさんが用足しに出ることは知ってたんだね？」

金魚が訊いた。

「はい」

きささは肯く。

「おけいちゃんは、おかみさんが帰るのは遅くなると読んだ。三河町二丁目から、家のある四丁目まではすぐ。ならば今の内に帰ろうと思ったわけだ」

「はい」良順が言う。

「それで、わたしの家にあるほくそ頭巾と蓑や藁靴を貸して、出しました。ところが、おけいさんが出て少しすると吹雪き始めました。わたしはすぐにおけいさんの後を追ったのですが、四丁目のお宅へ着くまでには出会いませんでした。道一本ですから、迷いようはありません。無事に着いたのだろうとは思ったのですが、念のためにお宅の爺やさんに『おけいさんはお帰りになりましたか』と尋ねました。爺やさんは『まだでございます』と答えました。これは大変だと、爺やさんに、おかみさんに知らせるように言い残して、周辺を探しました。積雪も体が埋まるほどではございませんでしたが、いくら探しても見つからず――」

「わたしは――」きさが言う。

「吹雪が心配になって早めに深川を出ると、途中で爺やに出会い、おけいがいなくなったことを聞きました。もしかするとどこかに寄り道しているのかもしれないと思いました。おけいが出かけるところといえば薬楽堂と、真葛《まくず》さん、金魚さんのお宅くらいのものですから、真葛さん、金魚さんのところへは供をしていた使用人を走らせました。わたしはすぐに薬楽堂へ。爺やは家に戻りましたから、もしおけいが戻っていれば知らせが来る筈ですが――」

きさは店の方に顔を向ける。

「吹雪の中、あたしや真葛婆ぁのところや、薬楽堂には向かうまいよ」

金魚は腕組みした。

「拐《かどわ》かし（誘拐）じゃあるめぇな……」

長右衛門が言うと、きさと短右衛門、良順の顔色が青ざめた。予想はしていたろうが、あらためて言葉で聞くと、事の深刻さが胸に迫ってきたのであろう。

「金魚さん……」

と、きさが救いを求めるような視線を向けてきた。

「真葛婆ぁとあたしん家《ち》から使用人が帰って来てからじゃなきゃ決められないけど

――。きささんの家には爺やがいるんだね？」

「はい」

「ならば、身代金を求めた文《ふみ》なんかが来ても大丈夫だね」金魚は言って短右衛門に顔を向ける。

「最近、誰かといざこざはなかったかい？」

「いえ。ございません」

「大旦那は？」

「恨みを買うようなことは色々やってきたが、最近は大人しいもんだ」

「それじゃあ、恨みの線はないね」

「金が目的か――」

長右衛門が言う。

「どっかに売り飛ばすつもりか――」

言った無念の頭を金魚が叩く。

売り飛ばすという言葉に、啜り泣いていたきさの泣き声が大きくなった。

「おけいちゃんのことだ、とっ捕まっても上手く立ち回っているはずだよ」

金魚が慰める。

その時、再び店の方が騒がしくなった。

清之助、竹吉、松吉の声にかぶる若い男の声に聞き覚えがあり、金魚と無念は渋面を作った。

清之助らに押しとどめられるのをものともせずに無念の部屋に現れたのは、懐土堂《かいどう》粋山《すいざん》だった。一同を眺め回し、得心いったように大きく肯く。

「やっぱり何かあったんやな。奉公人らの様子がおかしかったから、もしやと思うたんや」

粋山は長右衛門と無念の間に無理やり体をねじ込んで金魚と向かい合う。

「何があった？」

「拐かしだよ」

金魚があっさり答えると、無念が慌てる。

「おい、金魚！　迂闊《うかつ》に喋るんじゃねぇよ」

「嘘を言って追い返したら、有ること無いこと言いふらされるかもしれないからね」

「ずいぶんな言われ方やな」

粋山は苦笑した。

「あんたみたいな男は、本当のことを言って巻き込んだ方が得策だよ」

「前にもそんなことを言われたで」粋山はすぐに真顔に戻る。

「しかし、拐かしとは穏やかやないな」

金魚はかいつまんで事情を語る。

「――もし、あんたが余計なことを言って、おけいちゃんに万が一のことがあったら、ただじゃおかないからね。一件落着するまで、あんたにはあたしらの使い走りをしてもらう」

「余計なことなんか言わへんがな。使い走りよりは役に立つで――。それで、どう動く？」

「まずは」金魚は長右衛門を見る。

「無念の部屋じゃ手狭だから、奥の座敷を貸してくれないかい。もうじき真葛婆ぁも駆けつけるだろうからさ」

「真葛さんも来るのか？」

長右衛門は驚いた顔をする。

「おかみさんの使用人から事情を聞けば、駆けつけて来ない筈はないじゃないか」

「ああ、そうだな」

長右衛門は肯いて立ち上がり、竹吉に人数分の手焙《てあぶり》を持って来るように声をかけ、先に立って奥の座敷に向かった。

金魚は店に顔を出し、

「手焙は松吉が用意しな。竹吉はおかみさん家に行っとくれ」

「へい」と竹吉は肯く。

「それで、なにをすりゃあいいんで？」

「もし、誰かがおけいちゃんに関する文を持って来たら、すぐにここに届けるんだ」

「なるほど、分かりました」

「それから松吉」金魚は、通り土間で手焙の用意をしている松吉に言う。

「手焙を置いてきたら、ひとっ走りして貫兵衛《かんべえ》を呼んで来ておくれ。途中で知り合いに会っても、今起こってることを言っちゃ駄目だよ」

「いくらおれだって、それくらいの分別はありますよ」

松吉は頬を膨らませた。

「いやいや。どうせお前が余計なことを言って、粋山に確信をもたせたんだろ」

「ご明察」清之助が言った。

「粋山さんが勘づいたのは、わたしたちの態度のせいですけど、松吉が『無念さんの部屋にみんな集まっているなんてことはありません』なんて口走ったもんだから」

「やっぱりね」

金魚がにやにやとしながら顔を向けると、松吉は頭を掻いた。

「又蔵《またぞう》さんはいいんで？」

と松吉。

「おや。いいところに気がついたね。又蔵には別の仕事を頼みたいのさ。ちゃんと頭にいれて言伝てなよ」

「へい」

松吉は顔を引き締めて言った。

二

真葛が薬楽堂に着いたのは、半刻（約一時間）ほどあとだった。その後すぐに貫兵衛が到着した。すでに外は暗く、雪は小降りになっていた。

清之助と松吉は店を閉め、蒲簀《かます》を両足に履いて、店の前の雪踏みをした。

「これだけ手勢が集まれば、奉行所よりも心強いよ」

金魚はきささと短右衛門を励ます。

そして、それから半刻後、竹吉が転がり込むように薬楽堂へ戻った。

息せき切って奥座敷に駆け込んだ竹吉は、

「拐かしからの文です！」

と、紙を短右衛門に渡した。一同は駆け寄って文面を覗き込む。

〈けい女　あずかりおき候　返して欲しくば　金百両　明日夜五ッ（午後八時頃）明楽寺《みょうらくじ》　墓所〉

とあった。明楽寺は、三河町にほど近い武家地にある寺である。

「百両……」

短右衛門は唸る。

「なんとかなる金だろう？」

長右衛門は訊く。

「掻き集めても少し足りないかもしれません」

「ならば、残りはおれの懐から出す」

長右衛門は言った。

「けちな大旦那にしては、きっぱりと言ったね」

金魚はからかう。

「こんな時に混ぜっ返すんじゃねぇ」

長右衛門は金魚を睨む。

「あら、ごめんなさいねぇ。でも、その金、出さなくてもいいかもしれないよ」

金魚はにっこりと応える。

「どういうこってぇ?」

無念が片眉を上げた。

「今に分かる」

貫兵衛も事情を知っているようである。

「なるほど」

真葛は察したらしく肯く。

「面白《おもろ》ないな」粋山は渋面を作る。

「そっちは知っとって、こっちは知らんことがあるっちゅうのは、不公平やで」

「謎解き遊びをしてるんじゃないよ」

金魚は煙管を吸いつけた。

店の方で清之助の声がした。誰かが来て、こちらに案内しているようである。

襖を開けて又蔵が現れた。

「皆さんお揃いで――。こりゃあ、離れや無念さんの部屋じゃ手狭でございますね」

と言いながら、中に入る。

「振り出しに戻りやした」

又蔵は渋面を作りながら座る。

金魚は眉根を寄せて、

「なるほど。そうじゃないかと思ってたんだ」

と言った。

「さすが金魚姐さん。読んでやしたか」

「訳が分からねぇ……。どういうことだ?」

無念が訊く。

「こういうことでござんす――。あっしはおかみさんの家の近くに身を潜めておりやした。しばらくすると提灯《ちょうちん》を点し、手拭いで頰被《ほおかむ》りをした男が家を訪ねて来やした」

又蔵は子細を語った。

頬被りの男はすぐに家を出て来た。

又蔵はあとを尾行《つけ》る。雪明かりで辺りはほんのりと明るく、又蔵は難なく後を追うことができた。

雲はところどころ割れて冴え冴えとした星空が見えている。

男は辻を折れて四軒町に入った。そして、油屋の看板を掲げた家の裏木戸から中に身を滑り込ませた。

又蔵は板戸に耳を当てて男が中に入ったことを確かめ、助走をつけて塀を跳び越えた。

音もなく着地し、周囲の様子をうかがう。

勝手口の腰高障子に、手燭の明かりが遠ざかるのが見えた。

けいはここに捕らわれているのか――。

それを確かめ、隙があれば助け出す。

金魚から命じられたわけではなかったが、おそらくそういう流れを望んでいるだろうと考えての判断であった。

又蔵は屋根に飛び乗り、瓦と屋根板を外して、屋根裏に忍び込んだ。

梁《はり》を静かに辿って、天井板の隙間から明かりが漏れている場所を探す。

右手に淡い橙の明かりの柱が真っ直ぐ立ち上がっている場所が見えた。又蔵はそこへ移動した。

下からひそひそ話の声が聞こえてくる。

又蔵は梁に腹這いになって、天井板の隙間に耳を当てた。

「――それで、お前だと勘づかれなかっただろうな？」

主らしい人物である。

「出て来たのが爺やでございましたから、多分勘づいてはいないとは思いますが、無茶でございますよ、旦那さま」

こっちは頬被りの男らしかった。

「仕方がないではないか。この雪だ。誰か見知らぬ通行人に頼もうにも、誰も歩いておらぬのだから。相手が爺やであれば好都合。お前に似ていると言われてもしらを切り通せばいい」

「しかし、金の受け取りはどうするので？」

「お前が行くに決まっているではないか」

「奉行所に訴え出ているかもしれませんよ。そうなればわたしは捕まりますし、旦那さまもただではすみません」

「本当に拐かしたのではないのだから、たいした罪にはならん」

「しかし……」

「しかしも案山子《かかし》もない！　駿河屋《するがや》に支払いをせっつかれているのだ。十日後までに七十五両を用意できなければ家屋敷を取られる」

又蔵は屋根裏で小さく舌打ちした。

こいつらはけいいを拐かしていない――。

紛らわしいことをしやがって。

又蔵は黒手拭いで盗人被りをすると、そっと天井板を開けて、座敷に飛び降りた。

主らしい男の背後である。

向き合っていた頬被りの男――すでに手拭いは取っていた――は、突然天井から降りて来た黒装束の男に、仰天して声も出せずに目を見開いた。

又蔵は主らしい男の右腕を捻り上げ、

「声を出すんじゃねぇぜ」

と言いながら、腰の後ろから短刀を抜いて、男の喉元に当てた。

「お前ぇも声を出すなよ。旦那の喉がぱっくりといくぜ」

又蔵が言うと、頬被りの男――、番頭らしい中年男は無言で何度も肯いた。

「な……何者だ？」

主らしい男は掠れた声で訊く。

「まず、お前ぇの方から名乗ってもらおうか」

「清右衛門《せいえもん》だ」

「生業《なりわい》は？」

「油屋だ」

「ああ――。それじゃあ駿河屋ってぇのは、油問屋の駿河屋かい」

「お前、さっきの話を聞いていたのか？」

又蔵は清右衛門の問いを無視して、短刀の切っ先を中年男に向けた。

「お前ぇは？」

「番頭の徳蔵《とくぞう》でございます」

「清右衛門、お前ぇ、おけいが拐かされたのをどうやって知った？」

「おきささんが慌てた様子で探していたし、いつまで経っても娘が戻って来る様子もなかったから、こいつは上手く利用すれば借金を返せると思ったんだ……」

「おきささんはお得意さんかい」

「そうだ」

「ひでぇ野郎だな。お得意さんの不幸につけ込んで金を騙し取ろうなんてよくできるぜ」

「背に腹は代えられなかったんだよ……。それで、お前こそ何者だ？　なぜ薬楽堂のおかみさんを知ってる？」

「色々と企んでいる者さ。お前ぇはその邪魔をした」

又蔵は嘘をつく。

「あっ。お前が拐かしか？」

清右衛門は目だけで背後の又蔵を見ようとする。

「違うよ。その拐かしにも迷惑をかけられてるんだ」

「なにを企んでるんだ？」

「そんなことはお前ぇの知ったこっちゃねぇ。いいか清右衛門。おれが来たことは忘れろよ。それから薬楽堂から金をせしめようっていう魂胆は諦めろ。おれがありがたく頂くつもりだから、お前ぇは別の金策を考えな」

「……分かったよ」

清右衛門は歯がみしながら答えた。


又蔵の話を聞き終えた短右衛門ときさは複雑な表情である。金の要求をした人物は騙《かた》りであったということは分かった。だが、依然としてけいの行方は知れぬままなのである。

「文の差出人は、拐かしの犯人じゃなかったってことかい」

無念は溜息をついた。

金魚は腕組みをして考えた。

これから先の兵略を考えるには、短右衛門やきさがそばにいれば話しづらいこともある。

幼児の拐かしには色々な理由がある。

身代金を求めるため。

人買いに売り飛ばすため。

口にするのもおぞましい、ふとどきなことをするため――。

けいの死までも考えに入れながら話し合わなければならないからだ。

「旦那はおきささんとおきささんの家へ行ってもらおうかね」

「なぜです？」

きさが訊く。

「本物の拐かしが、金の受け渡しの文を持って来るかもしれないからだよ。どうも爺やでは心許ないようだからね」

「分かりました」短右衛門は言った。

「文を持った者が来たらどうしましょう？　わたしがあとを尾行《つけ》ればいいでしょうか？」

「いいえ、それはあっしが」

又蔵が言って金魚を見る。

どうやら短右衛門ときさを帰らせる意図を見抜いているようで、意味ありげな視線を送ってくる又蔵に、金魚は肯いた。

「よろしく頼むよ」

「それじゃあ旦那、おかみさん。あっしは少し間を空けてから出やすから、お先に」

又蔵は短右衛門ときささを促した。

二人は「なにとぞよろしくお願いします」と頭を下げて出て行った。

金魚が短右衛門ときささをあえて部屋から出したことを察していたのだろう、誰も又蔵が二人について行かないことを咎めず、黙って座っていた。

短右衛門ときさが外に出た音を確かめたあと、又蔵が口を開いた。

「一つだけ手掛かりを摑んで参りやした」又蔵はそこで言葉を切り、鼻に皺《しわ》を寄せた。

「ちょいと薄気味悪い話でござんして、親がいるところじゃちょっと言い出せやせんでした」

「もったいぶるんやない」

粋山が急かす。

「拐かしが現れるまでの間に、通りかかった近所の連中に聞き込みをしたんでござんす」

「危ないことをしよる」粋山が言う。

「声をかけた奴が拐かしやったら、どないするつもりやったんや？」

「素人じゃねぇんだ。顔つきで分かる」

「素人じゃない――？　お前、何者や？」

「そんなこと話してる場合じゃないんだよ」金魚が言う。

「それで、なにが聞き込めた？」

「おけいちゃんを見かけた人がいるんで。白っぽい着物の女に手を引かれて歩いていたんだそうで。すぐに風が吹いて雪が舞ったんで姿が消えて、地吹雪が収まったらもういなかったんだそうで。あれは雪女郎《ゆきじょろう》かもしれねぇって」

「遠野には――」と、真葛が肯きながら言う。

「冬の満月の夜には、雪女郎が子供を沢山連れ出して雪原で遊ぶという言い伝えがある。雪女郎は子供好きなのだ。吹雪の夜に戸口の障子が鳴るのを〈障子さすり〉と言って、雪女郎が招いているから早く寝ろと子らを寝所へ追いやる」

「武蔵国《むさしのくに》にも多摩《たま》辺りには話があるで」粋山が口を挟む。

「ちょっと北の常陸国《ひたちのくに》にもある。もっともこれは子供を拐かすんやなくて、旅人に声をかけ、返事をしないと谷底に突き落とす雪女郎やけどな」

「磐城《いわき》、越前や若狭辺りにも同様の話がある」

真葛が負けじとつけ加える。

「北は津軽、盛岡――。西は尾張、紀伊、大和、石見《いわみ》――。日本中あちこちに雪女郎の話はある。また、雪女郎は子供好きいうのも土地によりけりや。人の子供と遊ぶのやなく、自分の子を抱いて出て来る奴もいる。越後の雪女郎は子供の生き肝を抜く。せやけど、これは雪女郎が本当にいるという証《あかし》ではあらへん。山の神や歳神の信仰に関わっとるんや。その証拠に――」

「蘊蓄《うんちく》語りはそのへんにしとくれ」金魚はぴしゃりと言った。

「ここは多摩からは遠く離れているし、今日は満月でもない。おけいちゃんが連れ去られたのは夜でもないよ」金魚は首を振る。

「だいいち、この世に雪女郎なんかいない」

「その点については大賛成やな」粋山が言う。

「雪女郎は山の神や歳神――」

「だから、蘊蓄語りはそのへんにしろって言ったろう。上方者《かみがた》の話はくどい」金魚は粋山を睨む。

「今はおけいちゃんをどうやって救い出すかを考えなきゃならないんだ」

言われて粋山は身を小さくした。

「うむ。そのとおりだな」真葛は居住まいを正す。

「で、どう推当《おしあ》てる？」

「まず――、白い着物を着てたんなら、前々からおけいちゃんの拐かしを企んでいた可能性が高い」

「なんでそう言えるんや？」

粋山が訊く。

「白い着物はおそらく、雪の色に紛れて目立たないようにするためさ。女は、おけいちゃんが良順先生のところに通っているとこを見かけた。そして、なにかの理由で拐かしを思いついた。おそらく、何日か、幾月か、おけいちゃんのあとを尾行《つけ》ていたに違いないよ。そして拐かしを実行しようと決断したら、雪が降り始めた。そこで女は目立たないように白い着物を着ることにしたのさ」

「せやけど今日は吹雪や。人は歩いてへんかったで」

「吹雪は途中からだよ。女はきっと、良順先生ん家の近くに潜んでおけいちゃんが出て来るのを待ってた。けれど、白い着物が仇になって、見た者に覚えられちまった――。きっとそんなところだろうよ。雪女郎なんかじゃない」

金魚は真葛に目をやる。

真葛は肩をすくめた。

「しかし――」良順が首を傾げながら言う。

「拐かしの目的はなんでしょう?」

「まだ要求がないところをみると、拐かしの目的は金じゃない。けれど、おけいちゃんが黙ってついて行ったところをみると、抵抗できないなにかがあった――。刃物で脅かされたのかもしれないね」

「そういう物騒なことをするのは、やっぱり人買いに売り飛ばすつもりか」

長右衛門が眉間に皺を寄せる。

「そのつもりなら、もっと手っ取り早く拐かせる童《わらべ》はたくさんいるよ。おけいちゃんじゃなきゃならない、なにかがあったんだ」

「それはなんや？」

「さてね。頭の良さか、誰かに似ていたか、あるいはおけいちゃんにやり込められて恨みに思っている奴か――」

「ああ――」粋山が何か思いついたように肯く。

「大店《おおだな》の子供に友だちがいて、おけいちゃんにやり込められ、使用人を使って拐かしたってのはどないだ？」

「いい線かもしれないと言いたいところだけど、おけいちゃんに同い年の友だちは少ない。その連中はおけいちゃんになにを言われても仕返しなんかしないよ。おけいちゃんがどういう人間か、よく知っている賢い子供らだ」

「おけいちゃんを拐かした奴が何者かとか――」無念が言う。

「拐かした理由を考えても、手掛かりが少なすぎて絞りきれねぇぜ。それよりは、おけいちゃんと白い着物の女の足取りを追う方がまだしもと思うんだが、どうだい？」

「何か思いついたのかい？」

金魚が訊いた。

「おけいちゃんのことだから、唯々《いい》諾々《だくだく》と拐かしについて行くことはしねぇはずだ。そして、おけいちゃんだったら、おれたちが必死になって探して助け出してくれると信じている。だから、自分の足取りをおれたちに知らせる方法を考える」

「懐紙を千切って落として行くとか――」

粋山が言う。

「雪の上じゃあ懐紙は目立たないよ」金魚が呆れたように言う。

「それに、風が吹いたら飛んで行っちまうから役には立たない。口を出さずに黙って無念の推当を聞きな」

粋山は「えろうすんまへん」と言って肩をすくめた。

「最後まで聞けよ、粋山」無念は偉そうに言う。

「そんなことぐれぇ、おけいちゃんだって分かってるさ。女に怪しまれずに自分の足取りをおれたちに知らせるためにはどうすればいいか」

「あっ！」

金魚は一つ思いついて大きな声を上げた。

「何か思いついたかい？」無念がにやりとする。

「思いついたんなら言ってもいいぜ」

「いや。あんたの方があたしより先に思いついたんだ。あんたが言いな」

金魚は促した。

「しからば」無念は正座して一同を見回す。

「泣く子と地頭《じとう》には勝てぬ。駄々をこねれば大人は渋々言うことを聞く」

「子供の尻をひっぱたいて言うことを聞かせる親もおるで」

「最後まで聞けってば。拐かした子供が通りにしゃがみ込んでびーびー泣き出し、駄々をこねれば言うことを聞かざるを得めぇ。たとえどこの家も雨戸を閉めてたとしてもな。さて、おけいちゃんはなにを求めたか？」

「時がもったいねぇ」長右衛門がむすっとして言う。

「もったいぶらずに早く言え」

「寒くてもう歩けないから、駕籠《かご》に乗せてくれって言ったってのはどうだい？」

「それなら負《お》ぶって行くって言われるやろ」

「負ぶわれても風は防げない。駕籠なら覆いがある」

「金がないって言われたらどないするんや？」

「おけいちゃんの財布にいくら入《へ》ぇっていると思ってる。お前ぇやおれよりもたんまりと持ってるんだよ。わたしが出すから駕籠に乗せろとごねる」

「ふざけるんやない言うて、無理やり負ぶって行ったかもしれへん」

「そう言って調べにも行かなければ、手掛かりを一つ捨てることになるんだよ」金魚は言って立ち上がる。

「無念。行くよ」

「お、おう」

無念も立った。

「それじゃあわたしも」

と良順が立とうとするのを金魚が制した。

「手掛かりが少なすぎるから、どんな推当もできる。あんたたちは新しい局面になったらすぐに動けるようにここにいておくれ。まずあたしと無念で三河町の駕籠屋を当たって来るから」

三

雪雲は去り、頭上には星空が広がっていた。積もった雪のおかげで提灯《ちょうちん》はいらないほど明るかった。

金魚と無念は下駄を履いて三河町へ急ぐ。

「三河町の辺りには駕籠屋は三軒――」金魚は白い息と共に言った。

「そこから始めて輪を広げて行くよ」

「それだったら、貫兵衛や又蔵と手分けした方がよかったんじゃないか？」

無念が言う。

「いや。おけいちゃんなら、家からそれほど離れていないところで駄々をこねるはずさ。あたしたちに手掛かりを残すためにね」

案の定、最初に訪ねた三河町四丁目の駕籠屋で手掛かりを摑んだ。

土間には、三丁の駕籠。板敷に囲炉裏《いろり》を囲んだ六人の駕籠舁《か》きがいた。手を上げたのは髭面の筋骨逞しい男であった。

「女と子供の二人連れなら乗せたぜ。薄気味悪い女だったな。子供が、寒いの疲れたのとだいぶぐずっててさ。女は『もうすぐ着くから』と宥《なだ》めても聞かねぇ」

けいがぐずるはずはない。やはり無念の推当どおり、手掛かりを残すために駕籠を使わせたのだ。

「なんでそんなことを訊くんでぇ?」

囲炉裏端から声が上がる。

「その女、あたしの姉《あね》さんなのさ。養女に出した娘を連れ出して逃げたんでね。穏便に事を済ませるために奉行所には届けず、寒空の中、足を棒にして探してるのさ」

「そいつぁ気の毒だ」

駕籠舁きたちは眉根を寄せて肯き合う。

「気味が悪いなんて言っちまって悪かったなぁ」髭面が頭を掻く。

「あんたの姉さまはは子供だけを乗せて、駕籠の横を歩いた。三河町四丁目からの東に折れて、雉子町と銀町の辻まで来ると、『ここでよろしゅうございます』と言って子供を降ろし、一緒に西の方へ歩いて行った。その先のことは分からねぇ」

「姉さまは明るい人だったんだけど、どんなところが薄気味悪かったんだい?」

「顔色が悪く、声が小さくて、まるで幽霊か雪女郎みてぇだった」

「顔色が悪いのは寒かったからだよ。声が小さいのは、後ろめたかったからだろ」金魚は言った。

「姉さんは金に困っていたんだけど、ちゃんと駕籠代は払ったかい？」

「子供の方が払ったよ。確かに金には困っているだろうな。六部《ろくぶ》の格好だったから」

「六部――」

六部とは六十六部の略称で、写経した法華経《ほけきょう》を六十六箇所の霊場に納めるために諸国を行脚する者たちである。家々を訪ね喜捨《きしゃ》を求め、物乞い同然で旅する者もあった。

六部は鼠木綿《ねずみもめん》の装束である。地吹雪の合間に見たのであれば白っぽい着物姿の女に見えるだろう。

「子供はいいお着物《べべ》を着てるからさ、だから変な取り合わせだなと思ったんだがね、子供の方が懐《なつ》いている様子だから、こりゃあ旅の途中で身内を訪ねて、そこの子供とどこかに出かけていたんだろうと思ったんだが、拐かしだったのかい」

「拐かしだなんて、そんな言い方はやめておくれよ、我が子愛しさの出来心なんだよ」

「そうかい――。そうだよな。すまねぇ」

髭面はまた頭を掻いた。

「いや、いいんだよ」金魚は小粒（一分金）を板敷に滑らせた。

「これで一杯やっとくれ」

「こんなにもらえるのかい？　すまねぇな」

髭面は小粒を摘《つま》み上げながら顔を輝かせる。

「口止め料を含みさ。姉さんのことは奉行所には内緒だよ」

「ああ。気の毒な女を牢屋送りにはしねぇよ」

髭面が言うと駕籠舁きたちは「そうとも、そうとも」と大きく肯いた。


金魚と無念は駕籠舁きに教えられた辻に急いだ。

「だけどよう。どこを探しゃあいいんだ？　手当たり次第に戸を叩いて歩くのか？」

「六部の格好をしていたんなら、屋敷や長屋を調べても無駄だよ」

「木賃宿は？」

「突然、身なりのいい子供を連れて行ったら疑われるよ」

「それじゃあ、空き家か。あるいは社《やしろ》。けれど、六部の格好が変装だったら？」

「また振り出しさ。空き家や社を虱潰《しらみつぶ》しに調べていなかったら、貫兵衛や又蔵の手を借りる。薬楽堂になにか別の知らせが入っているかもしれないし、とにかく、今できることをやるしかない」

雉子町と銀町の辻に着いた時、群雲《むらくも》が切れて、通りの上に凍えるような銀色の光を放つ月が姿を現した。

「あっ……」

言って金魚は歩みを止めた。

「だ……、誰だ？」

無念が金魚を庇《かば》うように前に出た。

道の真ん中に小さい人影が立っていた。華奢《きゃしゃ》な体つきから童女であると思われた。

六部の装束である。

月光が全身を照らしていたが、顔は笠で黒い影となっている。

金魚は信じられない光景に、一瞬己の目を疑った。そして、合理的な解釈をすべく、必死で論理を組み立てては崩す――。

童女は右手を上げて手招きをした。そして踵《きびす》を返し、銀町の路地に歩み入る。

金魚は前に立ちふさがる無念の体の前に回り込み、童女の後を追って歩き出す。

あり得ない光景はまだ見えていた。それはまったく理屈に合わないことであり、金魚は悪夢でも見ているような非現実感を覚えていた。

無念は慌てて金魚を追い越して、先に立った。

童女は両側に家が建ち並ぶ路地を歩いているので先ほど見たそれを確かめることはできない。金魚はほっとした。問題を先延ばしにしただけにすぎないのだが、とりあえず混乱した頭を整理することはできる。

しかし、ちゃんとした仮説を思いつく前に、童女は一軒の家の前に立ち止まった。

以前はなにかの商売をしていた仕舞屋《しもたや》であったが、蔀戸《しとみど》が外から板を打ち付けられている。空き家であった。

童女は潜り戸を押した。ぎっと軋む音を立てて、戸は内側に開いた。

差し込む月光にぼんやりと照らされた土間と板敷が見えた。板敷の隅に、短くなった蠟燭《ろうそく》が立った手燭《てしょく》が見える。

無念は板敷に歩み寄って手燭を取り、懐から煙管用の火付け道具を出して灯を点《とも》した。

金魚は無念に続いて土間に入った。ちらりと後ろを振り返るともう童女の姿はなかった。

手燭をかざして、無念は板敷に上がる。金魚があとに続いた。

静かである。

二人の息づかいと、蠟燭の芯が燃える音だけが聞こえている。

足元に見えるものに気づき、金魚は無念の袖を引っ張った。

「無念。足跡――」

無念は板敷を蠟燭で照らす。

積もった埃の上に、足跡が板敷を縦断して奥の座敷に続いている。座敷の襖は開いていて、奥の暗がりに足跡は消えていた。

「さっきの童女の足跡か？　それともおけいちゃん？　それにしちゃあ大きいぞ」

無念は訊く。

「良順は自分用の雪靴と蓑、ほくそ頭巾を貸したって言ってたろ」

金魚は無念から手燭を奪い、座敷に駆け込んだ。

座敷の中央に、藁の塊が置かれている――。

よく見ると蓑であった。ほくそ頭巾も見える。

「おけいちゃん！」

金魚は蓑に駆け寄る。手燭でほくそ頭巾の中を照らすと、目を閉じたけいの顔があった。口から息が白く立ち上っている。

「息がある！」金魚は無念を振り返った。

「早く医者へ！」

無念は肯いてけいを抱き上げた。

その時、凄まじい音が響いた。

暴風の音である。入り口の潜り戸が風に煽られて激しい音を立てている。

金魚は土間に走る。雪が土間に吹き込んでいる。手にした蠟燭の火が風で消えかける。外は猛吹雪であった。

「さっきまで月が出てたじゃないか……」

金魚は袖で蠟燭を守りながら潜り戸を閉じて、閂《かんぬき》を掛けた。

「金魚！」

座敷から無念の悲鳴が聞こえた。

金魚は駆け戻る。

けいを抱いたまま立ち尽くす無念が、恐怖に歪んだ顔を金魚に向けた。

「どうした無念！」

「座敷の奥に……、なにかある……」

無念は顎で後ろの方を指した。

闇の中でもうっすらと、白い何かの塊があるのが分かった。

金魚は手燭をかざしながらそちらに向かう。

「こいつは……」

金魚は左手で口元を覆う。

白い塊は人であった。六部の装束を纏《まと》った大人と子供――。

死んでしばらく経つ遺骸であった。座敷が冷え切っているからだろう、臭いはしなかった。

金魚は後ずさりして無念の元に戻る。女郎屋にいた頃、人の死に目には何度も会っていたが、こういうものを見るのは初めてだったから、言いしれぬ恐怖に金魚は震えていた。

「六部の親子の死骸だよ」

「そいつは……。だったら、さっきの童女はその片割れの幽霊だったのか……」

「幽霊なんていやしないってば！」

思わず強く言った。

「逃げようぜ……。けど、この吹雪じゃ無理か……」

激しい風の音が家の周囲で渦巻いている。

「無念。ここで吹雪が止むのを待つか、別の座敷で待つか、どっちがいい？」

「どういう意味でぇ？」

「死骸と隣り合わせで夜明かしするか、離れて夜明かしするかって訊いてるんだよ！」

「そりゃあお前ぇ……」

無念の言葉が途切れる。

遺骸が視界に入る座敷で夜明かしするのは嫌だったが、別の部屋にいて、この座敷から物音が聞こえてきたりするのはもっと嫌だ――。そう考えているに違いないと金魚は思った。それは、幽霊を否定する金魚も同じ思いであったからだ。

幽霊などいないことは分かっているが、遺骸が起きあがってくるのではないかという恐怖を抱くこの不条理――。

それはもしかすると、消そうにも消せない、人が生まれながらにしてもっている感情なのかもしれない。そう思い当たって、金魚は唇を噛む。

ええい、ちくしょう――。

遺骸に怯える自分に、金魚は腹が立った。

「さぁ、どうする？」

なかなか答えを出さない無念に、金魚はもう一度訊く。

「お前ぇはどうしたらいいと思うんだよ？」

「あたしなら、ここにいるね」

金魚はきっぱりと言った。

「あんたは、死骸が動き出したら怖いと思ってるんだろ？　だったら見えないところで動かれるより、見えているところで動かれた方が、早く逃げられる」

「う、動き出すのか？」

「そんなわきゃないだろ！　あんたが怖がってるから、そっちの方がいいだろって言ってるんだよ！」

「そ、そうか……。そうだよな。別の座敷でこっちから死骸が這いずる音なんか聞こえたら、そっちの方が怖ぇよな……」

「それなら準備をするよ」

「準備？」

「おけいちゃんを温《あ》っためなきゃならない。あたしたちもこのままじゃ凍えちまう。火鉢か布団か、そういうものを探して来るんだよ。それから行灯《あんどん》か燭台《しょくだい》。手燭一つだと心許ないからね。さぁ、あんたが行くか？　あたしが行くか？」

「そりゃあ……」

無念は即断できない。

「手燭は一つ。ここで待つなら、真っ暗な中で死骸と一緒だ。探しに行くんなら、なにが潜んでいるか分からない中を歩き回らなきゃならない」

「おけいちゃんを拐かした奴がいるかもしれねぇってことか……。なら、おれが探しに行く」

無念は言って、唇を真一文字に結び、強く肯いた。

「だったら、もう一つ探しておいで」

「なにを？」

「塩だよ」

「塩？」

「結界を作っておきゃあ、あんたも安心だろ」

「結界──」

金魚から意外な言葉を聞いて、無念は片眉を上げた。

「あたしはいいけど、あんたが安心するだろって言ってるんだよ！」

「分かった……。じゃあ、おけいちゃんを頼むぜ」

無念はけいの体をそっと床に横たえると、金魚から手燭を受け取って座敷を出て行った。

無念の足音が遠ざかる。

暗闇の中、その足音や別の座敷を物色する音が、金魚をはげます。

親子の六部の遺骸は白くぼんやりと視野の中である。金魚は一度、顔を背けてそれが目に入らないようにしたが、途端に恐怖が背筋を這い上がってきたので、すぐに顔の位置を元に戻した。

金魚は蓑に手を差し入れてけいの体をさする。

蓑の擦れる音。

その中に別の音が混じった。

畳が擦れる音。

それは遺骸の方からした気がした。

金魚は手を止める。

畳の音はしない――。

しかし、再びけいの体をさすり始めると、

ずっ　ずっ　ずっ

と畳を擦るような音がした。

横目で、薄ぼんやりと白い遺骸を見る。

さっきとは形が違うような気がした。

遺骸が動いている？

いや、そんな筈はない——。

金魚は強く首を振る。

どたどたと無念の足音が聞こえた。

「燭台、見《め》っけたぜ！」

無念は三本の燭台を抱えて座敷に飛び込み、金魚とけいを囲むようにそれを置いて手燭から火を移した。それぞれ蠟燭は半分ほどになっていたが、一晩ならば充分な長さだった。

座敷の中は明るくなる。しかし、遺骸の姿がはっきり見えるようになった。

無念はそれを見て表情を強張らせ、

「待ってなよ」

と言って座敷を駆け出す。

そしてすぐに布団を何枚も運び込んだ。その一枚を六部の親子にかぶせる。片手を立てて「南無阿弥陀仏」と拝むと、また座敷を飛び出した。


金魚は布団を床に敷きその上にけいを寝かせ、二枚の布団をかぶせる。そして自分もその中に潜り込んだ。埃と黴《かび》の臭いがして、少し湿っぽかったが仕方がない。なにもかぶらずにいるよりはずっとましだった。

金魚は布団の中でけいの蓑とほくそ頭巾を取る。

足音がして無念が戻って来た。手に塩壺を抱えている。

無念は壺の蓋を取り、塩を摑み出して金魚とけいの布団の周りに撒く。

無念は塩壺を抱えたまま円形の塩の結界の中に入り、手燭を消して金魚とは別の布団に潜り込む。

「なにやってんだい。こっちにお入りよ」

金魚は布団から顔を出して言う。

「そんなわけにゃあいかねぇよ」

無念はもじもじと言う。

「おけいちゃんの体を温ったためるんだよ！」

金魚はけいの着物を脱がせる。

「な、なにやってるんだよ！」

無念が慌てる。

「だから、おけいちゃんを温ったためるって言ってるだろ！　素肌で密着した方が温かいんだよ！　あんたも早く着物を脱いで、こっちへ来な！」

怒鳴って金魚は着物を脱ぎ始める。

無念は、露わになった金魚の白い乳房から目を逸らし、背中を向けて着物を脱ぐ。

そして素早く布団に潜り込んで、けいを挟んで金魚と抱き合った。

「変な気を起こすんじゃないよ」

金魚はすぐそばに向き合った無念の顔を見ながら微笑む。

「ばか。こんな状況でそんな気になるもんか」

至近距離で見つめ合っているものだから、互いに寄り目になっていた。それがおかしくて二人はくすくす笑った。


ゆらり、と蠟燭の火が揺れた。

金魚と無念ははっとして燭台を見る。

蠟燭の火は、風に吹かれているように暴れている。

「隙間風だよ」

金魚は言う。親子の六部の遺骸は頭の方向。思わずそちらに目が行った。

布団から母親のものらしい右手が突き出している。

あの手はさっきから出ていたろうか?

いやいや、出ていたに決まっている。死骸が動き出すことなんてない——。

ふっと一本の蠟燭が消えた。

ずるっと畳を擦る音。

はっとして六部の親子の布団を見ると、左手も出ている。

そんなはずはない——。

きっとさっきから両手が出ていたんだ——。

もう一本の蠟燭が消えた。

目だけで布団を見る。

母親の両手の間から、子供の手が二本出ている。

幻だ。怖さのあまり、幻を見ているんだ——。

金魚はきつく目を閉じる。


閉じた目蓋《まぶた》の向こうが暗くなった。

はっとして目を開けると、蠟燭の最後の一本が消えていた。

無念が布団を抜け出し、煙草の火付け道具で種火を作ろうとする。しかし、火打石は火花を飛ばさない。

「くそ……」

何度も石に火打金《がね》を打ちつけるが、無駄だった。

無念は蠟燭を点けるのを断念して布団に戻る。

ずるっ
大きなものが畳を這う音がした。

暗がりの中、白っぽく滲んだように見えている六部の親子の布団が動いた。

今までさんざん、金魚から幽霊はいないと吹き込まれてきたが――。

やっぱり幽霊はいるんだ。家族の幽霊だって見たじゃないか。幽霊がいないんなら、おれが見たあれはなんだったんだ？

いっつも正しい金魚だが、幽霊はいないってのだけは間違ってる。

幽霊はいる。

幽霊はいるんだ――。

「南無阿弥陀仏……、南無阿弥陀仏……」

無念は念仏を唱える。

「無念、無念」金魚は無念の肩を掴み、揺する。

「幽霊なんかいやしないんだ」

「いや――。おれは家族の幽霊を見た。徳の高いお方のお陰で成仏したが――。おれはずっと幽霊を見続けてきたんだ！」

それは無念がずっと秘密にし続けてきたことであり、それを知った金魚と薬楽堂の面々が無念に内緒で解決した事件であった。

だから、無念が見た家族の幽霊は本物ではない。

だが、それを今話してしまうわけにはいかない――。

無念が混乱するだけだと金魚は思った。もっとあとから、二人がゆっくりと話せる時に――。

「あんたが幽霊を見たんだったら、それはあとから謎解きをしてやるよ。けど、それとこれとは話が違う。今、見たり聞いたりしてることは、幽霊の仕業なんかじゃない――。だとすれば、あの布団の下にはおけいちゃんを拐かした奴がいるに決まってる」

「だって……、あの六部の親子は死んでたじゃねぇか」

「脈は確かめなかった。死骸のふりをしていたんだよ。だとすれば、こっちに襲いかかって来るかもしれない。生身の人なら、塩の結界なんか役に立たない。用心しとくれ」

「……分かった」

絶対に人なんかじゃない。無念はそう思ったが、言い争いを避けた。

六部の親子にかけた布団は、四本の腕を蠢《うごめ》かせて塩の結界の周囲を這いずる。しかし、結界の中には入って来られない。布団から出た手の指が塩に当たると、熱いものにでも触れたかのように慌てて引っ込められた。

金魚に言われても、やはりあの布団の下には六部の親子の幽霊がいるとしか思えない。

無念は、おそらく飢え死にしたであろう六部の親子が不憫《ふびん》でならなかった。

お互いの飢えと寒さを思いやりながら衰弱して死んでいった親子――。

「あの親子も――」無念がぼそっと言った。

「きっと寒いだろう。かわいそうだからこっちへ入れてやろうぜ」

「なに言ってんだい無念！　しっかりしておくれよ！」

金魚は無念の顔に目を向けたが、暗がりの中で白っぽい輪郭が見えるだけで、表情は読みとれない。

無念は布団の中から手を伸ばした。指先が塩の結界の一部を払う。

「やめなって！」

金魚は無念の腕を摑む。

無念はその手を振り払い、結界を崩す。塩の帯の三分の一が消える。

結界の外で、布団がむっくりと起きあがった。端が母親の頭に引っ掛かっているのか、そこを頂点に畳に向かって裾が広がっている。布団の中の様子は暗くて分からない。

布団の裾から裸足の足がすっと伸びた。

ゆらりと揺れながら布団が近づく。

無念は布団から上半身を出して結界を消し続ける。

「無念！」

金魚は無念の裸の腹にしがみつき、ずるずるっと引っ張る。無念の手は結界から離れる。

布団が滑って床に落ちる。六部の装束を着た女が、正面の子供の肩に手を掛けて立っている。

目もぽっかりと開いた口も、穴のように黒い。

こいつは……、本物かもしれない――。

金魚は真葛がやっていたことを思い出し、見よう見まねで、六部の親子に向かって早九《はやく》字《じ》を切る。

「臨兵闘者皆陣列在前《りんぴょうとうしゃかいじんれつざいぜん》！」

その時、入り口の潜り戸が激しい音を立てて開いた。

「金魚！　無念！　いるか？」

貫兵衛の声だった。

はっとして金魚は土間の方へ顔を向けた。

蠟燭が灯っているのに気がついた。

消えたはずの蠟燭は、三本とも灯っている。

怖々と、六部の親子の布団に目を向ける。

盛り上がった布団からは手は出ていないし、動いた様子もなかった。

ばたばたと足音がして、貫兵衛と又蔵が座敷に駆け込んで来た。

布団の中でけいを挟んで裸で抱き合う金魚と無念を見て、貫兵衛は「これは失礼した」と言って背を向け、又蔵はにやにやと笑った。

「勘違いするんじゃないよ」金魚は赤くなって言った。

「おけいちゃんを温ったためているんだよ」

向かい合った無念の顔が間近にあった。

無念の目は虚ろだった。

恐怖のあまり、狂気に堕ちてしまったか——？

それとも——。六部の親子の霊に取り憑かれてしまったか——？

金魚はそんなことを考える自分に驚いた。

取り憑かれるなんてこと、あるはずないじゃないか。

「無念」

金魚はその肩を揺すった。

返事はない。

「無念」

金魚は強く揺する。

「なんだ。せっかく金魚姐さんと同衾《どうきん》してるってのに、眠っちまってるんですかい?」

又蔵が笑う。

又蔵からは無念の後頭部しか見えていないのであった。

「無念!」

金魚はもう一度言った。もし霊に取り憑かれちまったんなら、どうすればいいだろう?

真葛婆ぁに相談して、修法師《ずほうし》を紹介してもらおうか――。

そんなことをすれば、『ほれ、霊は存在したではないか』と、真葛婆ぁは鼻を高くするだろう。

いや、そんなことはどうでもいい。

無念をなんとかするのが先決。自分の面子《メンツ》なんかどうでもいい。

確か、湯島辺りに腕のいい修法師がいるとか聞いたような気がする――。

「気持ちよく寝てるんなら、寝かしておきなせぇ」又蔵が言った。

「おれは、火鉢を探して来まさぁ」

「無念!」

四度目、名前を呼んだ時、無念はぶるっと頭を震わせた。

虚ろだった目に、表情が戻る。

「火鉢は、探してもなかったよ」

無念が言った。正気に戻ったようだと金魚はほっとした。

「探し方が下手なだけなのかもしれやせんぜ」

と又蔵は奥へ走る。

「なぜここが分かった？」

金魚は背を向けたまま突っ立っている貫兵衛に訊く。

「遅いから探しに来た。お前たちが聞き込みをした駕籠屋で話を聞いて、又蔵と手分けして空き家を探した」

「六部の子供には会ったかい？」

「なんだそれは？」

「おれたちはそいつにここへ案内された」

無念が言う。

「ふむ――。駕籠舁きは六部の女がおけいちゃんを連れていたと言ったが、その子供も一味か？」

「わからない」金魚は言う。

「もしかしたら、拐かしの片棒を担ぐのが嫌になって裏切ったのかもしれない」

「そうか――。ところで、そこの布団はなんだ？」

「六部の親子の死骸だよ」

「え？」

貫兵衛は一度振り返り驚いた顔で金魚を見る。そして咳払いをすると慌てて顔を戻し、部屋の隅に移動して布団を捲《めく》った。

「どこにも傷はない。おそらく、病か飢えで死んだようだ。死んで十日くらいだな」

「十日も前かい……」

金魚は言う。遺骸のふりをしていたのではなかった――。

足音が聞こえて又蔵が火鉢と火消壺を抱えて戻って来た。

「無念さん。どこを探してたんです？　台所に二つ三つ置かれてやしたぜ」

又蔵は火鉢を畳に置いた。角が赤く熾《お》きた炭が灰の上に置かれている。

「そんなはずはねぇ」無念は布団を出て着物を着る。

「おれが見た時は茶碗や米櫃《こめびつ》が転がっているだけだった」

無念が言うと、又蔵は塩の結界の前にしゃがみ込み、指につけて舐める。それをぺっと吐き出して、

「幽霊の目眩《めくら》ましだったんじゃないんですか？　これ、結界でござんしょう？」

と訊いた。

「無念のための気休めだよ」

金魚は布団の中から言った。

「気休めじゃなくて、ちゃんと役立ったじゃねぇか」

無念は火鉢に覆い被さるようにして言う。

「覚えているのかい？」

金魚は小声で訊いた。

「覚えてるよ」無念はぼそっと言う。

「自分が訳の分からねぇ行動をしてるのをどうしようもなくて、焦ってたんだ」

「それじゃあ、本当に出たんで？」

又蔵が火鉢を挟んで無念と向き合い、両手をだらんと垂らして訊いた。

「出たよ。金魚も見た」

「あれは気の迷いさ」

金魚はすかさず返す。

「いいや。確かに幽霊だった」

無念は金魚を振り返って言う。

「その話はあとからだ」貫兵衛は言った。

「おけいの顔色はどうだ？」

金魚は腕の中のけいを見る。

「頬に赤みが差してきた」

「よし」貫兵衛は肯いて又蔵に言う。

「薬楽堂へ行っておけいが見つかったことを知らせろ。それから医者を呼んでおけ。

おれたちはおけいの様子を見て戻る」

「へい」

又蔵は座敷を出て行った。


「助かったよ貫兵衛。ほんとに吹雪の中をよく来てくれた」

金魚が言うと、

「吹雪？　吹雪は昼のうちにやんだではないか」

と貫兵衛は怪訝《けげん》な顔をした。

「違うよ」金魚は強く首を振る。

「さっきまで酷い吹雪だったじゃないか」

「いや。おれたちがお前たちを探してた時は月が出てた」

「ほれ。あれは怨霊の仕業だったんだ」

無念が言った。語尾が震えた。

「いや」金魚は別の解釈を探す。

「この辺りだけの吹雪だったんだよ。通り雨だってそうじゃないか。そうじゃなきゃ、あたしたちの見間違い、聞き違いだよ」

「あれが見間違い、聞き違いだったって？」無念が首を振った。

「いい加減に認めちまいなよ、金魚……」

無念は言葉を切って金魚に怯えた表情を向けた。

「童女の六部に会った時から気がついてたろう？」

「なにを？」

金魚はあの時のことを思い出してどきりとした。

「あいつ、足元に影がなかったぜ……」

実体があって光に照らされれば、必ず影はできる。

月光に照らされているというのに雪の上に影を落とさない童女――。

金魚も確かにそれを見て、我が目を疑ったのだった。

あるはずの影が見えないのはなぜかと、幾つもの仮説を立てては崩し、最後に残ったのが〈見間違い〉というものであったが――。

無念も見ているのならば、その仮説もまた崩れてしまう。

いや。まだ二人とも見間違いをしたという可能性が残っている。

だが、なにをどう見間違えば、あるはずの影が消えるのだ？

童女の影は、家々の影で暗くなった路地に入るまでずっと見えなかった。

「そんなことはない！　あたしは見なかったよ！　見たかもしれないけど、それは幻だよ」

と強く否定した。けれど、影はあったとは言えなかった。

「誤魔化すなよ。幽霊はいるんだよ」

「何度も言ってるじゃないか！　幽霊がいるんなら、神も仏もいるはずだよ。だったらなぜあたしが苦しんでいる時に助けてくれなかったんだい！」

「そりゃあ、お前ぇが、神仏の助けをもらわなくても切り抜けられると考えたからだろうぜ」

「あたしだけじゃない！」金魚は叫ぶように言う。

「助けてもらいたいって死にものぐるいで祈る奴はごまんといる。けれど神仏はいつも知らん顔だ！　悲惨な暮らしの中で死んでいく者もたくさんいる。あの六部の親子のようにね」

「うむ……。その辺りは真葛婆ぁに訊きな。けれど、自分が見聞きしたことが幻だと誤魔化してしまうのはやめな」

「誤魔化しちゃいないよ。理屈に合わないことだから見間違い、聞き間違い、幻だと言ってるんだ」

「水掛け論だ」貫兵衛は言う。

「決着がつかないことはやめておけ」

「そうだね」

金魚はぼそっと言った。

せっかく縮んだ無念との距離がまた開いてしまったと感じ、金魚の胸は痛んだ。

「おけいの心拍はどうだ?」

貫兵衛が訊く。

金魚はけいの胸に耳を当てる。しっかりとした拍動が伝わってきた。

「おけいちゃん」

声をかけて肩を揺する。肌にも温かみが戻っていた。

けいは薄く目を開けた。

「よかった。気がついたね。具合の悪いところはないかい?」

金魚は微笑む。

「なぜあたしと金魚ちゃんは裸なんだ?」

けいはぼんやりした声で言った。

「あたしのことを覚えているんなら上々だ。詳しい話はおいおいね」金魚はけいに言うと、無念と貫兵衛に顔を向ける。

「あたしだけなら見られてもいいが、おけいちゃんに着物を着せるから、ちょいと座敷を出ておくれでないか」

無念と貫兵衛は手燭に火を移して、板敷へ行った。

火鉢のおかげで、座敷はほんのりと暖かい。

金魚は急いでけいが着物を着るのを手伝った。

「金魚ちゃん」帯を締めてもらいながらけいは言った。

「どうやら幽霊はいるようだよ」

金魚はどきっとした。

「その話は後からしよう」

「わたしは吹雪の中で女の六部を見た。目が合った途端、これは人じゃない。逆らえば命を奪われると思ったから、女に従って歩き始めた」

「でも、なんとかあたしに手掛かりを残さなきゃと思って、駕籠屋の前で駄々をこねたんだろ。話はいいから体を温ったためな――」

金魚はけいを火鉢のそばに座らせた。

「駕籠に乗ってから、次の手掛かりはどうしようと思っているうちに、気が遠くなった。気がつくと、わたしはここにいて、座敷の隅で六部の親子が死んでいた――」

「残りは後から聞くよ」

金魚は話を遮り、無念と貫兵衛を呼んだ。

けいの口から幽霊はいるという決定的な話が出てくるのが恐かったのだ。

「死骸のそばに、二人の幽霊が立ってた――」

けいの顔に恐怖の色が浮かぶ。今まで見たことのない表情だった。

自分の理性では理解できないモノを見て、その存在を認めてしまったのだ。

「幽霊なんかいないよ……」

金魚の言葉は弱々しかった。

「母親の方は気が触れているようで、子供の六部が裾を引っ張ってなにか訴えてもまるで聞こえない様子だった。女の六部はわたしの方へ歩いて来て――。その直後、わたしはまた気を失ったようだ。気がついたら金魚ちゃんが裸でわたしを抱いていた」

「そうかい――」

金魚は、もう話を切り上げたかった。

幽霊なんかいないという信念が大きく揺らいでいた。

盤石な石垣の上に立っていたと思っていたが、気づいたら、小石の石積みの上にいた――。

「大変だったね。だけど、もう大丈夫だよ」

金魚はけいいの肩を抱き、その頭の上に顎をのせて髪を撫でた。

そう、もう大丈夫。その言葉でけりをつけてしまおう。

貫兵衛と無念が座敷に入って来た。

「おけいも目覚めたことだし、こんな埃っぽいところにいるよりも薬楽堂へ運ぼう」

貫兵衛が言う。

「じゃあ、おれが負ぶって行くぜ」

無念が言うと「金魚ちゃんがいい」と、けいは金魚の背に負ぶさった。

無念は苦笑し、金魚の背中にしがみついたけいに、蓑とほくそ頭巾を着せて、藁靴を履かせるとその紐を帯に挟んで落ちないようにした。

「おれは火の始末をしてから行く。先に家を出ろ」

貫兵衛は火鉢のそばにしゃがみ込んで火箸で炭を挟み、火消壺に入れる。

「あの仏さんはどうする?」

無念が訊いた。

「後から肝入に頼んで回向《えこう》してもらうよ」

金魚は答えて座敷を出た。

四

薬楽堂に戻ると、すでに座敷に布団が敷かれ、医者が待っていた。きさが付き添ってけいの診察が始まると、金魚と無念、貫兵衛は、長右衛門、短右衛門、真葛、粋山が待つ奥座敷に入った。

無念が子細を説明する間、金魚は煙管を吹かしながら黙っていた。

「親子の六部の亡霊か」真葛は鹿爪らしい顔で言う。

「これで金魚も霊の存在を認めざるを得まい」

「認めないね」金魚は煙を吐きながら言う。「全部、見間違い、聞き間違いで理由づけできるよ。幽霊だったと仮定しても筋道の立たないことばかりだ」

「じゃあおれが筋道を立ててみようか」

と無念が言った。先ほどまでの怯えた表情はどこかへ行っていた。きっと、幽霊は実在するのだという確信が、無念に自信をつけたのだ。いつも金魚が正しくて、自分の推当は見当外れ。けれど今回ばかりは自分の方が正しい――。

そういう思いが無念を堂々とさせているのだと金魚は思った。

「まず先に、子供が病か飢えで死んだ。母はそれで気が触れた。我が子が死んだことを認めることができないまま、死んでいった。霊になった母親は、自分の子供を捜してうろつき廻った。そして、おけいちゃんを見つけた。妄執に突き動かされた霊はおけいちゃんを拐かした」

「そして――」真葛があとを引き継ぐ。

「童女の霊は母の狂気をなんとかしようとしたがいかんともしがたかった。お前たちはおけいの残した手掛かりで閉じ込められている家の近くまで行った。最後の最後に、童女はお前たちを導くことができた」

「納得できないね」金魚は忙しなく煙管を吹かす。

「なぜおけいちゃんだったんだい？」

「隠世《かくりよ》（あの世）のモノたちの考えは、現世《うつしよ》に生きる者たちには理解できない。隠世の森羅万象は現世とはまるで違い、そこに棲むモノたちの思考もまったく異なるのだ」

真葛は言った。

「見てきたのかい？」

「見てきた者から聞いた」

「ならば嘘っぱちかもしれないじゃないか。一緒に旅をしていた六部の仲間が、親子の死を悲しんで、回向してもらおうと仕組んだって考えたほうが筋道が通るよ」

金魚は、自分でも理屈に合わないと思いながら、悔し紛れに言った。

「生身の人間が仕組んだことだというんなら、おけいちゃんを見つけたあと、吹き荒れていた吹雪は？　おれたちが見た亡霊は？　回向してもらおうと思った奴が、なぜおれたちを脅かす？」

「だからさっきから言ってるじゃないか。そりゃあ、あたしやあんたが童女に影がないと思ったのと同じ、勘違いだよ」

「それじゃあ、その勘違いの原因は？」

無念が問う。

「そりゃあまだ分からないよ……」

「分からへんのはまだ学びが足らんからや」粋山が自分が口を挟めるのはここだとば

かりに言った。

「学びが深まれば、原因は必ず突きとめることができる」

粋山の説を認めるのは癪《しゃく》に障るが、妥協できるぎりぎりの線であったから、金魚は小さく肯いた。

その時、すっと襖が開いた。足音も聞こえず、おとないの声もなく、突然であったから、一同は驚いて小さい声を上げた。

そこにはけいが立っていた。

「悪霊に取り憑かれているわけではないぞ」

怯えたような視線を浴びて、けいは不愉快そうに言い、とことこと座敷に歩み入り、

「幽霊はいるいないで言い争いをしていると思ってな」

と言いながら、金魚の横にちょこんと座った。

着物を着せていた時、『どうやら幽霊はいるようだよ』と言ったけいである。その点では自説を脅かす方に回ってしまったから、金魚は少し警戒した。

けいは金魚の腿に手を置く。

「金魚ちゃんやこの男が辿り着いていない学びの中に、神仏、怨霊は存在するという真理が含まれているやもしれぬぞ。それをまったく否定するのであれば、それは学問とは言えぬ。分からぬことは分からぬと言う。それが学問だ」

「ごもっとも」金魚は言った。

「あるという証《あかし》も、ないという証もないのであれば、断言はできないということだね。茶飲み話、与太話で話すのならいいが、いきり立って主張することじゃない」

「今まで金魚ちゃんが解いてきた謎は、みな怪異ではないという証があった。けれどこの度の件は、見間違いとか聞き間違いとか、曖昧な、証と言えるようなものではないことに原因を求めている。金魚ちゃんも内心、忸怩《じくじ》たるものがあるんじゃないか？　だったらこの度の件は『分からない』と言うのが、正しい道ではないかと思うのだが、どうだ？」

「おけいちゃん自身はどうなんだい？　幽霊を見たんだろ？」

けいに訊きながら金魚は、『自分はどうなんだい』と思った。金魚も幽霊を見ているのだ――。

「見たことが則《すなわ》ち証だということにはならない。わたしは幽霊を見たが、果たして本当に見たのかどうかについては、はなはだ自信がない。だから、わたしも分からないとしか言えない」

けいの言葉を聞いて、我が意を得たりと思った。

自分が見たものが幽霊だという証はない。

けれど、分からないという言葉で終わらせたくはない。

いや――。暮らしの中でも分からないことはたくさんあるじゃないか。

なぜお天道さまは東から出て西に沈む？

なぜ空は青い？

それを突きつめて答えを出そうとは思わない。

けれどあたしは、幽霊のことになるとむきになってその存在を否定する。

金魚はふっと微笑み、溜息をついた。

「たぶん、あたしは幽霊なんかいない、神仏は存在しないということを確かめながら己を律していたんだろうね」

「どういう意味だ？」

無念が訊いた。

「この世の理不尽をさ、神も仏もいないからなんだと思うことで、生きてこられたってことさ。何事も自分の力で切り抜けていかなければ生きちゃいけないってね。それが、あたしが生きる縁《よすが》だった」

金魚の前身を知っている無念は、悲しげな顔で小さく肯いた。

「けれど、今はもう、仲間を頼りにしていい場所で暮らしている。つっぱらかって、神も仏も幽霊もいないんだと、声高に言わなくてもいいんだよね。分からないことは、分からない。曖昧な部分を許してもいいのかもしれない」

「うむ」真葛が言う。

「明日から六部の仲間を探し、おけいちゃん拐かしの真相を探ると言い出すだろうと思って、老骨にむち打つことを覚悟していたが、せんでもいいのだな？」

「下手をすりゃあ、日本中の六部に当たらなきゃならなくなるからね。おけいちゃんが拐かされたまんまなら、草の根を分けても探すけど、あたしが満足することだけで、みんなに動いてもらうわけにはいかないよ」

「それじゃあ、曖昧なまま、落着だ」

けいは金魚の腿をぽんと叩き、立ち上がって部屋へ戻って行った。

「中道かい」

金魚は苦笑した。

「ちゅうどう？」

無念が片眉を上げる。

「仏教の言葉だ」真葛が言った。

「有り無し、白黒という極端な対立を離れた考え方のことだ」

「有るか無《ね》ぇか分からねぇ。白でも黒でもねぇ灰色――。なんだか答えを逃げてるみてぇだな」

無念は唇を歪める。

「そういう卑小なことではない」真葛はむっとしたように言う。

「そういうことを超越した尊い考え方だ」

「しかしねぇ」金魚は悩ましげに眉根を寄せる。

「これから『分からない』で終わらせることが多くなったらどうしようね。戯作にするとまとまりがなくなっちまう」

「真の怪異など、そうそう起こるものではない」

「今回の件を戯作にするんなら、別のおちをもってくりゃあいいんだよ」

無念が言った。

「どういうおちだい？」

「梶原《かじわら》椎葉《しいば》の私事《わたくしごと》を持ってくるのさ」

椎葉は、金魚の戯作の主人公である。

「祝言を挙げさせるんだよ。物語の最初からその話を絡めておけばいい。怪異の謎解きは曖昧なままでも最後に祝言をもってくりゃあ、話はまとまるぜ」

無念の言葉に金魚は笑った。今回の件で少しぎくしゃくしたから、祝言は先延ばしかと覚悟していたのだが、今の言葉で無念に蟠《わだかま》りがないことが分かった。その笑いである。

「そいつはいいかもしれない」金魚は言って長右衛門に顔を向ける。

「こっちの祝言の手筈はどうなってるんだい？」

「まてまて。朝に聞いたばかりじゃねぇか。明日からぼちぼち始めるよ」

「なんや。もうそんな話が進んどるんかい」

粋山は面白くなさそうな顔をする。

「さぁ、お開き、お開き」

金魚はぽんぽんと手を叩いた。

五

年の瀬は慌ただしく過ぎていった。

長右衛門は金魚と無念の祝言の手筈を整える合間に、銀町の肝入のところへ行って事情を話し、金を渡して六部の親子の弔いを頼んだ。弔いの金は金魚の懐から出た。

肝入は空き家で六部の親子の遺骸を見ると「不思議なこともあるもんですなぁ」と弔いを約束した。

金魚と無念は、執筆の合間に新しい住まいを探し、薬楽堂のある通油町に近い長谷川町に手頃な仕舞屋を見つけた。

けいは相変わらず良順の元を訪ねて蘭学を学んでいたが、金魚の読みでは、どうやらけいは良順に淡い恋心を抱いているらしい。

粋山の塾は、ぼちぼち塾生が増えているようで、暇つぶしに薬楽堂を訪ねて来る回数が減った。

真葛は長右衛門を手伝い、祝言の宴に呼ぶ者を決め、座敷の手配をした。金魚と無念からは、家族は呼ばず、声をかけるのは今の友だち、知り合いだけにしたいと言われていた。

金魚と無念の祝言は、正月二日と決まった。

日本晴れの二日、金魚と無念の祝言は薬研堀の料亭、鈴屋《すずや》で行われた。二階の大広間に、薬楽堂に関わる人々、戯作者《げさくしゃ》仲間や金魚の長屋の住人、長右衛門の知り合いの本屋が集まった。

真葛の知り合いから紹介された店であったから、料理も上等で、料理といえば居酒屋のそれしか知らない者も多い戯作者たちは、嬉々として箸を運んでいた。「大人しく飲まねぇと放り出す」と長右衛門やそれぞれの版元に脅かされていたから、話し声も抑えている。

ほとんどが借り物の羽織袴であったが、尾張藩士の織田野《おだの》武長《たけなが》ら侍の戯作者はさすがに折り目正しい格好で、作法に則った箸使いをしていたから、町人の戯作者らはそれを横目で見ながら真似をしている。

武長は「里芋を滑らせて落としても真似するなよ」と小声で言っている。

金屏風の高砂の座に座る無念と金魚も今日はしおらしい。

金魚は白無垢から化粧直しをして、黒の留め袖。髷は島田に結い、いつもよりも鮮やかな紅をさしている。無念は羽織袴で、無精髭も綺麗に剃っていた。

無念は終始にやにやし、金魚は珍しく緊張した顔をしている。

宴もたけなわになった頃、我慢しきれなくなったように、色川春風《いろかわしゅんぷう》――、浅草の紙《かみ》漉《すき》職人の吉五郎《きちごろう》が腰を浮かせて手を上げた。

「金魚姐さん。ちょいといいかい」

金魚は顔を上げる。

「なんだい？」

お喋りをしていた者たちが口を閉じて、金魚と春風に注目する。

「お喋りを続けてくれよ。恥ずかしいじゃないか」

春風は眉を八の字にして座り直す。

「気にしなくていいよ」金魚は言った。目が輝いている。

「怪異の話だね？」

「ああ――室町二丁目のさる大店《おおだな》の旦那がさぁ、夜毎《よごと》奇っ怪なことが起こるって言うんだよ」

「どんなことが起こるんだい？」

金魚は身を乗り出す。

「おい、金魚」

長右衛門が眉をひそめる。

「大旦那はすっこんでな」金魚は払うように手を動かす。

「それで？　続きを話してみな」

「ここ二月《ふたつき》ほど、夜、突然目を覚ますと座敷に奇妙な獣がいるんだそうだ」

「貘《ばく》か！」

千野《せんの》鼠窮《そきゅう》、紙屑買いの千吉《せんきち》がぽんと膝を打った。

「それよ」春風が言う。

「その証拠に、貘が現れた夜の夢はまったく覚えてねぇんだそうだ。次の日は体がだるくてしょうがない。いつか病気になるんじゃないかって悩んでるのよ」

「面白いねぇ。その大店の名を教えておくれ」

金魚は今にも立ち上がらんばかりである。

「おい、金魚。今日は祝言だぜ。花嫁は大人しく座ってな」

「どんな商売も、休みは元日だけだよ」

金魚は立ち上がり、春風を引っ張って座敷を飛び出した。

「無念、前途多難だな」

と誰かが言うと、一同はどっと笑った。

廊下からひょいと金魚が顔を出す。

「無念。行かないのかい？」

にんまりと笑う金魚に、無念は顔を向け杯を干す。

「これから先、そういう時には『一緒に来ておくれよ』って言いな」

「あんた。一緒に来ておくれよ」

金魚は甘えるように言った。

「仕方がねぇな」

無念は立ち上がり、金魚に歩み寄る。

「よっ、ご両人！」

と声が上がる。

金魚は春風の襟首を摑んだ手を離し、芝居の道行《みちゆき》のように無念の腕を取ってしずしずと廊下に消えた。

■参考文献

和本入門　千年生きる書物の世界　橋口侯之介　平凡社ライブラリー
江戸の本屋と本づくり【続】和本入門　橋口侯之介　平凡社ライブラリー
和本への招待　日本人と書物の歴史　橋口侯之介　角川選書
江戸の古本屋　近世書肆のしごと　橋口侯之介　平凡社
江戸の本屋さん　近世文化史の側面　今田洋三　平凡社ライブラリー
和本のすすめ　江戸を読み解くために　中野三敏　岩波新書
書誌学談義　江戸の板本　中野三敏　岩波現代文庫
絵草紙屋　江戸の浮世絵ショップ　鈴木俊幸　平凡社選書
只野真葛　関民子　吉川弘文館人物叢書新装版

また、執筆にあたり、神田神保町 誠心堂書店店主・橋口侯之介氏には、今回も大変有益な助言をいただきました。御礼申し上げます。

なお、フィクションという性質上、参考資料やご助言をあえて拡大解釈し、アレンジしている部分があります。

本作品は、だいわ文庫のための書き下ろしです。

平谷美樹（ひらや・よしき）

一九六〇年、岩手県生まれ。大阪芸術大学卒。中学校の美術教師を務める傍ら創作活動に入る。

二〇〇〇年『エンデュミオンエンデュミオン』で作家としてデビュー。同年『エリ・エリ』で小松左京賞を受賞。

二〇一四年、歴史作家クラブ賞・シリーズ賞を受賞。

著書に「草紙屋薬楽堂ふしぎ始末」シリーズのほか、「修法師百夜まじない帖」「貸し物屋お庸」「採薬使佐平次」「江戸城　御掃除之者！」「鉄の王」「よこやり清左衛門仕置帳」シリーズ、『でんでら国』『鍬ヶ崎心中』『柳は萌ゆる』『国萌ゆる 小説 原敬』等、多数がある。

だいわ文庫

草紙《そうし》屋《や》薬楽堂《やくらくどう》ふしぎ始末《しまつ》
凍月《いてづき》の眠《ねむ》り

著者　平谷美樹《ひらやよしき》

二〇二二年一月一五日第一刷発行

発行者　佐藤 靖

発行所　大和《だいわ》書房

東京都文京区関口一-三三-四 〒一一二-〇〇一四

電話 〇三-三二〇三-四五一一

フォーマットデザイン　鈴木成一デザイン室

本文デザイン　bookwall(村山百合子)

本文イラスト　丹地陽子

本文印刷　信毎書籍印刷

カバー印刷　山一印刷

製本　小泉製本

ISBN978-4-479-30899-7

http://www.daiwashobo.co.jp